山木美里

ホタル探偵の京都はみだし事件簿

実業之日本社

実業之日本社文庫

目次

第一話

境界鳥

鳴かない鳥が死線を示す

この世界ははかなく無常な浮き世。そして苦労の絶えない試練の憂き世だ。

わたしは錘《おもり》ロープ入りのごみ収集用ネットを手繰り寄せながら、期待に胸膨らませて新幹線に乗り込んだ先月末の自分をあわれんだ。

大手出版社の採用試験にことごとく敗れ就職浪人決定かという瀬戸際に、東京北区の片隅に建つ王子《おうじ》書房になんとか拾われてほぼふた月が経《た》った頃、右も左もわからぬペーペー編集者のわたしに課せられたのは、驚くべき重大任務だった。

「あの夜光蛍一郎《やこうけいいちろう》先生が月刊『ポアロ』に短編ミステリを？」

端川《はしかわ》出版から出ているシリーズは累計三百万部を突破、大宝《たいほう》社の長編は映画化、帝國《ていこく》文芸の雑誌連載に日東《にっとう》新聞の連載と、各大手から引っ張りダコの大ブレイク作家が、マイナー出版社の廃刊寸前雑誌に書いてくれるという。デビュー前は投稿コーナーの常連だったよしみがあるとかで。

「親しくさせていただいていたのは随分昔の話だが、駄目もとで頼んでみたら快く引き受けてくださった。とはいえ、あちらは各社の原稿で眠る間もない状態でいらっしやる。そこで黒木《くろき》くんにお願いしたいのは、ご両親亡きあと京都のご実家に戻ってひとり住まいをされている夜光先生の生活を一ヶ月間サポートし、わが社の短編を執筆していただく時間を捻出することだ。なかなか難しい人だが、任せられるかね？」

夜光蛍一郎の作品を掲載できれば『ポアロ』の認知度が増し、起死回生を望めること間違いなし。

「もちろんやります！　この出版業界を支えている神は、一握りの人気作家様。月刊雑誌が出せるのも、海のものとも山のものともわからぬ新人作家に出版のチャンスを与えられるのも、夜光先生のようなミリオンセラー作家がいてこそと心得ております。たとえ著者近影とは別人の偏屈じじぃが現れて無理難題を押し付けようとも、編集者たるもの、笑顔でドォンとすべてを受け入れてみせましょう！」

「いや、確かに著者近影はデビュー当時から同じだが、先生はまだ四十になるかならないかの男前で気のいい方だよ。ただちょっと、ケチャップとオムライスが好き過ぎて、嫌いな食べ物が多過ぎるだけで……」

「安心してください。わたし、オムライスは得意料理ですよ」

「おお、そうかね。それは実に心強いねぇ。では、六月いっぱい寝泊まりするところも手配しておいたから、張りきって行ってきてくれたまえ。わが社の未来はきみの双肩にかかっているぞ」

「はいっ！　全力でお務めします」

人気作家の担当編集者として、町家建ち並び舞妓《まいこ》往《ゆ》き交う雅《みやび》な京の都へひと月の出張。図書館に通って資料を集めたり、時には夜光先生から作品に対する意見を求められたりもするのだろうか。

夢のような仕事を任されたと、使命感に燃えて編集長に敬礼したあの日の記憶が涙でかすむ。

ここはどこ……わたしはナニモノ？

辿《たど》り着いた地に都はなかった。舞妓はおろか、通行人の姿すら見当たらない。わたしが思い描いていた京都のイメージからは大きくはみだした府下山間部。

そして。

「マオくん、一大事です！　そろそろ初モノをいただこうと楽しみにしていた僕のアイコちゃんが、暴漢に襲われて傷モノになってしまいました。このところの奴《やつ》らの所業は目に余ります。不埒《ふらち》な輩《やから》を追い払う対策についても、今日の議題にあげてください」

植木鉢を抱えて公園にやってきた夜光先生を目にしたわたしは、畳んだごみネットを収納カゴに投げ込み、頭を抱えた。

「……悪夢だ」

作風と若かりし頃の著者近影から、きっとクールでクレバーな二枚目紳士だろうと憧れを抱いていた夜光蛍一郎……本名・鈴木《すずき》一郎太《いちろうた》は、実に面倒くさい男だったのである。

1

「ああいうのはどうですか？」

わたしは公園横に建つ長引《ながひき》家の物干し竿《ざお》を指し示した。カラスの屍骸《しがい》らしきものが二羽吊《つ》るされている。左側のものは内臓が腐り果てて萎《しぼ》んだのか、黒いぼろきれの如《ごと》く無惨だ。

一瞥《いちべつ》した先生は植木鉢を抱えたまま身震いした。

「うちにあんなものを吊るしたら、ますます食欲が減退して気力が低下し、一枚も原稿が書けなくなること請け合いです」

それは困る。

昼食のサラダには必ずや甘くてフルーティーな品種のプチトマト『アイコ』を買っておくからと宥《なだ》め、偏食作家を自宅に追い帰す。

わたしが寝泊まりしているのは、児童公園の片隅に建つ集会所だ。

そろそろ午前十時。皆が集まる十時半までに、やかんに茶を沸かし、戸棚から出した湯呑《ゆの》みと茶托《ちゃたく》を拭いて盆に準備しておかねば。

屋内へ戻ろうとドアに手をかけたとき、拡声器のハウリング音とともに気味の悪い歌声が近づいてきた。

キイィィィィンッ……
京都ノ山々ニ、神オワス
心ナキ者ニ神罰ヲ下セリ
目ヲ覚マセヨ、心改メヨ
アイヤーセイヤーコラヤ
ナムマンマンチャンアン

公園前に軽トラが停《と》まり、幌《ほろ》つきの荷台から降りた宗教団体『京都神山敬愛教会』

を名のる男たちが各々の手に意見書を掲げて長引家前で激しく踊りはじめる。創作ダンス有り、ブレイクダンス有り、只々《ただただ》走り回っている者有りと様々だが、皆一様に無言のままおよそ三分間のパフォーマンス。その後「ご検討ください！」と呼びかけ、意見書を門扉のなかに投げ込んで撤収。また荷台に乗り込み、歌声とともに一本道を遠ざかっていく。これを朝八時から夜八時まで一時間毎《ごと》に繰り返し、一日十三回のおつとめ。よほど暇な人たちの集まりらしい。

公園の入口には『山林売却断固反対！』の立て看板。

宗教団体は不気味で傍迷惑《はためいわく》だが、長引家所有の山林を京城グループに売却することを阻もうとする根っこの主張は、ご近所住民と同じだ。

田舎《いなか》には自治会という掟《おきて》がある。この自治区に建つ家はわずか六軒。各家が一年ずつ順番に自治会長を務め、ごみ当番はひと月ずつまわす。

現在土地売却に絡んだご近所トラブル発生中のこの自治会において、今年度会長と六月のごみ当番を務めるべきは夜光先生の鈴木家。

要するに、生活サポートとはそういうことだったのだ。

「鈴木一郎太さんから委任状を預かり、しばらく自治会長代理を務めさせていただきます。黒木真央《まお》と申します」

集会室に並べた座布団の上に会議出席者の四人が揃《そろ》ったところで、頭を下げて挨拶する。

「うん、話は聞いとるよ。東京からきなさった、一郎太くんの顧問弁護士さんやとか」

一番の長老・田山《たやま》さんが頷《うなず》いた。

「べ、弁護士？ 奴は集会所を借りるためにそんなホラを？ いえ、違いますよ。わたしは傾きかけた出版社の鬼畜編集長に騙《だま》された、いたいけな新卒採用編集者に過ぎません」

「新人さんでもなんでもかまへん。相手は先祖代々の大地主で、こっちのことなんか、はなから見下しとりますさかい、余所《よそ》さんに間に入ってもらうほうがよろしい。わしら年寄りはただ、住み慣れた土地で昔のまま変わらず静かに暮らしたいだけですのや。裏山にごみ処理場やら発電所やら建てられたら、たまったもんやない」

京城グループが山を買い取った暁には、環境整備部門が資源化工場やリサイクル工房を建設。エナジー部門が山頂にメガソーラーを設置し、太陽光発電事業に参入。『パルケ・エコトピア京城』として運営していく予定らしい。

地域財政も潤うし、雇用も増えて人口増加も見込める。資料を見る限りそう悪い話でもないように思えるのだが……と、首を傾《かし》げるわたしの心を読んだかのように、風呂を貸してくれている原口《はらぐち》のおばちゃんが座布団ごとにじり寄ってきた。

「人口三千人程度のド田舎と侮るなかれ。ここはねぇ、下手《へた》に開発されていないからこそ値打ちのある、京都府唯一の村なんよ。まわりの町や市は人口流出に焦って、やれゆるキャラだ、名産スイーツだと町おこしに血道をあげてはるけど、この村は別。若夫婦がイタリアンのシェフが農具小屋を改造してはじめたレストランは連日満員。親の遺《のこ》した古民家でやっている一日一組限定の民宿は、三年先まで予約でいっぱい。自家製つぶ餡《あん》を詰めた一日三百個限定の天然酵母《てんねんこうぼ》餡パンを焼く店は、遠方から買いにくる客で朝も早《はよ》うから大盛況。田舎暮らし定住促進奨励金制度もあるし、月ヶ瀬《つきがせ》ニュータウンのほうでは、里山での暮らしを求める自然志向の若者が都会を捨ててどんどん移り住んできている。ポートピアかユートピアか知らんけど、冗談はよし子さん。そんなモンに出張《でば》ってこられたら台なしやっちゅうねん。長引さんにガツン、と言うてきてや」

「はあ……一応、自治会長代理として会議内容を長引美鳥《みどり》さんにお伝えしてきます」

「ついでにこの書状を渡してきてくれますかのう」

田山さんが着物の袂《たもと》を探って取り出したのは、毛筆用の料紙を巻いて麻紐《あさひも》で蝶《ちょう》結びに留めたものだ。

「あ、はい。長引美鳥さんへのお手紙ですね？　お預かりします」

わたしは震える手からその古風な巻手紙を受け取り、鞄《かばん》に挿し入れた。

「ええと……それから次にやることは、集まった署名を村役場に提出……と、外灯増設の要請書？」

確認した自治会専用ファイルの中に、役場への提出書類は二つあった。

「そうよ。いくらのどかな田舎風景がウリといっても、ほかの自治区からぽっかり離れたこの辺りは、日が暮れたら真っ暗だもの。特に子どもを持つ親は心配よ。ついこの前、聖《きよら》ちゃんがピアノ教室からの帰り道で暴漢に襲われる事件があったの。ねぇ？柄本《えもと》さん」

「ええ。携帯電話とおけいこ鞄を奪われただけで怪我《けが》はなかったですけど、犯人もまだ捕まっていませんし、怖《おそ》ろしいです」

松井《まつい》さんと柄本さんのふた家族は数年前に都会から越してきた里山移住組で、小四の聖ちゃんは柄本家の長女だ。

「なあなあ！　その事件やけど、もしかしたら、犯人は京城グループの差し金で聖ちゃんの携帯電話を奪ったんと違う？　ほら、この前、裏山でホタルの写真を撮ったんやろう？」

　原口のおばちゃんが興奮気味に握りこぶしを振る。

「へえ。ホタルを見たの？　柄本さん」

「さあ。昼間に撮った写真でしたし、画面を見せられてもわたしにはさっぱり。あの子、携帯電話を奪われる以前にプリントアウトして『ホタルがいるから山を売らないでください』って、長引さんに手紙を出したみたいですけど……返事がこないって気にしています」

「ほらほら！　ホタルの里を破壊してごみ処理場を建てようとしていることが全国的に知れたら、企業イメージは地に落ちる。そこで隠蔽工作に暗躍する土地開発会社の黒い影……まるで一郎太くんの小説みたい！」

「まさかぁ。いくらなんでも原口さんの考え過ぎですよ。きっと聖ちゃんが歩きながら操作していた最新機種の携帯電話が目的だろうって、警察にも言われたんでしょう？」

「ええ。中古ショップで高く買い取るから、最近そういう事件が多いそうです」

「まあ、真相なんてそんなもんか。せやねぇ……昼間のホタル写真一枚では、開発をとめる武器として弱いしなぁ」

松井さんに突っ込まれ、原口のおばちゃんは口をすぼめてつまらなそうにトーンダウンした。

「外灯増設要請は住民生活課……と」

役場へ行ったら向かいのJA二階にある図書室へ寄って「プロットのプの字も思い浮かばない」と宣《のたま》う先生に役立ちそうな資料を借りてくるつもりなので、忘れないように『郷土資料・伝説』とメモする。

先生はちゃんと机に向かっているだろうか。

スケジュール帳のやることリストをチェックしながら王子書房を救う神に思いを馳《は》せたわたしは、別の暴漢対策について議題にあげろとお達しされていたことを思い出した。

「ところで、カラスの害についてお話が」

「そう、そのカラスや！」

突然勢いを取り戻した原口のおばちゃんに人差し指を突きつけられ、面食らう。

「えっ？　どのカラスです？」

「せやから、長引さんの家の物干し竿にぶらさがっているカラスの屍骸のことやろう？　いっぺん文句を言うたらなアカンと思うていたのよ。カラスを殺して吊るすやなんて、不衛生やし、なにより見た目がえげつないわ。その件についても、ようよう苦情を言うてきてちょうだいね」

しまった。余計な仕事が増えた。余所者が自治会長代理なんて、ただでさえ厄介なのに、このうえ初対面の相手に苦情まで訴えねばならんとは……気が重い。

こういう役割は自治会長でなくとも、ご近所づき合いが長く相手と歳《とし》が近く口も達者な原口のおばちゃんが適任ではないかと頼んでみたが、笑顔の決まり文句で一蹴されてしまった。

「冗談はよし子さん」

ならば長老が……と、たすけを求めて目をやると、田山さんは腕を組んで首を左右に振りながら、

「長引の鳥殺しはわしも腹に据えかねとりますが、面と向こうて言い合うたかて、おなごに口で勝てるわけもなし。ここは女弁護士さんにおまかせしますわ」

と、やっぱり誤解したままなのだった。

「東京からきた自治会長代理？」

長引美鳥さんはドアチェーンの隙間から、受け取った名刺とわたしを交互に見て

「ふうん」と鼻を鳴らした。

「てっきり、原口さんあたりが代表になって押しかけてくると思うていましたわ」

五十代のごうつくな独身大地主で、ふるさとの山を金に換算しようとする、地域住民の敵……と、昔話に出てくる山姥のような風貌を想像して身構えていたが、出てきたのが小柄で上品なおばさまだったのでちょっと安心する。

「自治会議に欠席されたのでご報告を……」

「平日の午前中から集まって、皆さんお暇なことやね。報告なんかいりません。どうせ山を売るなという話でしょう？　なんでそんな会議にわざわざ出席して吊るしあげられんとアカンの。アホらしいこと」

「……ですよね。あのう、吊るしあげといえば、表の物干し竿に吊るされたカラスのことでもお話が」

「ああ、あれ？　見せてあげますよ」

美鳥さんはわたしを屋内に招き入れ、居間のローテーブル前に座らせた。そして自分は閉ざされたカーテンをくぐって硝子戸《ガラスど》の外へ出て、物干し竿から外した屍骸を抱いて戻ってきた。

「これは……」

怖々、手をのばす。

目の前に置かれたカラスに一瞬怯《ひる》んだが、よく見れば屍骸ではない。

「ニセモノですよ。通販商品の害鳥撃退グッズ。よって、病害虫が涌《わ》く心配もなし、鳥獣保護法違反でもなし、苦情を受ける謂《いわ》れはありません。大体、生きたカラスを捕まえて殺すやなんて、魔女でもあるまいし、できるわけあらへんわ。皆さんはわたしをなんやと思うているのやら」

「……ですよね。それにしても、よくできていますね。特にこっちの子……まあなんて黒々とした円《つぶ》らなおメメ」

内臓が萎んでいると思っていたほうは黒いナイロン羽根をそれっぽく束ねただけだが、もうひとつは本物そっくりだ。

お気に入りのグッズを褒められて気をよくしたのか、美鳥さんは棚から側面にアルファベットの記された同じ大きさの木箱をふたつ下ろし、中綿下に敷いてある説明書を取り出してわたしに見せてくれながら、得々と語った。

「新商品のカタログで見つけて即買いしたその子の目玉は硝子、ボディと嘴《くちばし》と足はプラスチック製。羽根はアヒルのものに彩色して貼りつけてあるそうよ」

「へええ。細部にまでこだわって本物に近づけてあるんですね。だからこの子は『そのまま吊るせばカラスを怖がるハトなどの鳥避《とりよ》けになり、逆さに吊るせばみせしめとしてカラス避けになる』わけですか。働き者ですねぇ」

感心するわたしに、もうひとつの木箱から取り出した説明書が差し出される。

「せやけど、一見雑に作ったようで、こっちの子もなかなか役に立つのよ。ほら、羽根の芯に小さい磁石がいくつかついているでしょう?」

「ほほう……『千ガウスの磁力で害鳥を撃退』ですか。つまり、タイプの異なる二羽が各々の仕事をすることで、W効果が見込めるわけですね。なるほど」

「毎日、日の出とともにこの子たちを物干し竿に吊って、日没後、それぞれ専用の木箱ベッドに帰して大事に寝かせてやる。ただそれだけで、大きな音も悪臭も出さずに鳥害を防げる優れモノや。なにか文句ある?」

「ありません。カラスのことは、本物ではなく便利グッズだと皆さんにお伝えします」

「まあ、それでも難癖をつけてグダグダ言わはるでしょうけれどね」

美鳥さんは説明書をそれぞれの中綿下に戻して木箱をもとの棚に収め、カラスを再び物干し竿の同じ位置に吊った。

形だけでも会議報告にきたし、これでカラスの件も片づいた。いとまを告げて次の予定に移ろうと鞄を引き寄せたところで、わたしは預かり物の存在を思い出した。

「そうだ、田山さんから手紙をお渡しするよう託《ことづか》ってきたんです」

「あの耄碌《もうろく》じいさんから？」

露骨に厭《いや》な顔をして受け取った美鳥さんが麻紐をほどいて料紙を広げると、そこには震える毛筆でこうしたためられていた。


『茶太郎の　怨《うら》み晴らさでおくものか　境界鳥の鍋ぞ哀《かな》しき』


「な、何事ですか？　この和歌……」

「茶太郎というのは田山さんの家で飼うていた雄鶏の名前。ちょっと前から行方不明になっているらしいわ。鳥害避けのカラスを吊っていても怖れもせんと生垣の境界をくぐってうちの庭に侵入してきては、大事に育てている花芽を荒らすもんやさかい、あんまり腹が立って『ええ加減にしてくれはらへんと、縊《くび》り殺してサムゲタンにしますよ』と、苦情を言うたことがあるのよ」

「そ、それでサムゲタンに？」

「アホ言わんといて頂戴《ちょうだい》。脱走癖のある傍若無人なニワトリのことやから、どこぞでたくましく野生化しているのと違うかしら。まあ、怒りに任せてえげつないことを言うたわたしも悪かったけど、真に受けてこんな怨み言を遣《よこ》してくるとは……」

「田山さんに誤解だとお伝えして和解を図りましょう。茶太郎も探してみます」

わたしは鞄からスケジュール帳を出し、メモ欄に『田山・長引・ニワトリ』と書き加えた。

「ムダ、無駄。山林売却を取りやめへん限り、なんでもかんでも言いがかりをつけてわたしを悪者にする気なんよ。放《ほう》っておいたらよろしいわ」

美鳥さんは大きくため息を吐《つ》き、長い料紙を元どおりに丸めるのも億劫《おっくう》とばかりに鷲摑《わしづか》みにして、部屋の隅に置かれたダンボール箱に投げた。

「大体、ここのお人らは勝手な文句ばっかり。カラスを弔るなというなら、ごみ置き場を自分の家の側《そば》に移してくれるのかしら？　うちの山林を京城グループに売るなというなら、代わりに自治会が買い取ってこの先ずっと維持管理してくれるのかしら？」

「……ですよね」

「それでも、強引にことを進めて地主の横暴やなんて怨まれたくないさかい、譲歩案や妥協案を話し合って双方が折り合える境界線を探ろうと、開発説明会の場を何度も設けて京城グループには待ってもろうているのに、全部ボイコット。こっちの話は一切聞かんとイヤヤーイヤヤー、ふるさとの山は皆のものやと、まるで駄々っ子ですよ。そんなお人らとは、こっちかて無理に仲良うしてもらわんで結構。鳥殺しの罪を着せられようが陰口を叩《たた》かれようが痛くも痒《かゆ》くもないわ。どうぞご勝手に。せやけど、万が一危害を加えられたときは訴え出る証拠になるように、宗教団体が撒《ま》き散らした意見書はもちろん、ばかばかしいたわ言を書いた手紙の数々も全部残していますよってにそのおつもりで……と、田山さんをはじめ自治会の皆さんにお伝えください」

田山さんのたわ言が引っかかったダンボール箱の中には、差出人名『えもときよら』の封筒も見える。聖ちゃんのお願いもばかばかしいたわ言に分類され、どうやら返事は期待できそうにない。

「そんなこんなで、歩み寄ろうという気力はとうに尽きましたし、毎日嫌がらせに遭《お》うて、ほとほと疲れ果てました。今日の午後、月ヶ瀬に住んでいる末の弟がきてくれるから、委任状を書いてすべて任せるつもりです。所有権移転登記が済んだら自治会長代理のあなたにお知らせしますね。いま、鈴木さんの家で一緒に暮らしてはるの？」

「まさか。隣の集会所で寝泊まりしています」

「あんなところで？　たいへんやねぇ……」

そのとき、拡声器からの歌声が長引家に近づいてきた。

アイヤーセイヤーコラヤ
ナムマンマンチャンアン

こちらのほうがいろいろよほどたいへんだ。

「毎日これじゃあ、気持ちが悪くてたまりませんね。警察には相談されましたか？」

「ええ。巡回のおまわりさんが何遍か注意してくれはったんやけど、埒が明きませんわ。なんでも、あの集団は本拠地を持たんとネット上で同志を募って駅前に集まり、お互いの顔も知らんメンバーで軽トラに乗り合うてくるそうです。自然破壊を反対すると主張したら、ええことをしている気分になれるのかしらね。まあ、無意味にクネクネ踊って意見書を散らかしていく程度で、恫喝《どうかつ》されたわけでも物を壊されたわけでもあらへんので、いまのところは放っておくしかないようです」

「いまはおとなしくても突然なにをしでかすかわからなくて怖いですよ。しばらくの間ここを離れて、ご自身の身柄も弟さんに預けられたほうがよくないですか？」

提案してみたが、美鳥さんは諦めたように首を横に振った。

「心配してくれておおきに。弟も、毎日毎時間こんな歌や踊りに煩わされていたら、しまいには心の病気になるさかい、黙って辛抱してないでさっさと山を売って自分の家にこいと言うてくれていますのやけど……年頃の子どもが四人もいる家庭に居候やなんていややわ。厄介者になるのはごめんです」

「でも……」

「ねぇ、あなたはうちの山林ひとつがいくらすると思います？」

唐突に聞かれ、目をしばたたく。

「え？　それは、なにしろ広大な土地ですから、何億……いや、何十億円？」

「土地評価額は二百五十万円」

「ええっ？」

「エコトピアの建設地を探していた京城グループは、一千万円を提示してくれています。先祖代々受け継ぐ山林をいくつも持つ大地主と聞けば、どんな大金持ちかと思うでしょう？　せやけど、高速道路やリニアが通る予定もなく、資材となる杉や檜《ひのき》が植わっているでもなく、松茸《まつたけ》狩りができるでもない。奈良との府県境の道路に面した藪《やぶ》から少し分け入れば不法投棄された冷蔵庫やブラウン管テレビが転がっているような荒れた山に、資産価値は皆無……ううん、ゼロどころか負の財産ですよ。ほんまはね、お金なんかいらんから、わたしも故郷の景色を変えずに残したいの。そう思うて何年か前、村に無償で寄付したいと申し出たけど、山林の固定資産税は微々たるものでも村の管理地にしたら維持費用は村民の税金負担になるからいらんと断られましたわ」

「そういうこと、自治会の方々はご存知ないんですか？」

「いやゃわ。こんな話、あなたが余所者やから愚痴ったのよ。長引家は先祖代々の土地を受け継ぐ大金持ちの大地主……しょうもない見栄《みえ》かも知れんけど、そう誤解されて僻《ひが》まれているうちが華ですからねぇ」

力なく笑う美鳥さんに、わたしは何も言えなかった。

2

鈴木家の車を借り、近隣の市や町を走り回って『アイコ』を手に入れ、集会所のキッチンでオムライスを作ったところで、先生のほうがみやげを手に訪ねてきた。

「マオくん、ケチャップケーキを焼いてきましたよ」

「遅くなってすみません。いまこちらから昼食を届けに行こうと……ケーキを焼いただぁ？　しかもケチャップ？　なにをしやがっ……いえ、なさっているんですか！」

いかん、王子書房を救う神を罵倒しそうになってしまった。平常心、平常心。

「マオくんに喜んでもらおうと、心を込めたおもてなしです」

「違いますよね？　それ、単に原稿からの逃避行動ですよね？　わたしを喜ばせたいなら、一枚でも書いてくださいよ」

「まあまあ。ずっと机の前に座っていたところでなにも思いつきませんよ。とりあえず、ここで一緒にごはんとおやつにしましょう」

座布団を引き寄せて集会室のちゃぶ台前に正座されてしまった。押し問答をするだけ時間の無駄だ。

「さっさと食べてすぐに帰って、一文字でもいいから王子書房の原稿に手をつけてくださいね。雑用はすべてお申しつけください。そのためにわたしが遣わされたんですから」

ふたり分のオムライスとトマトサラダを運び、真っ赤なケチャップケーキを食べる決意を固めてわたしも腰を下ろす。

「青山《あおやま》編集長から自治会の役を肩代わりすると申し出があったときは、なぜ僕のごみ当番月まで把握しているのかと、少々引きました」

「あの人は編集長より興信所の調査員にでもなるべきですね。いっそストーカー被害で訴えてやったらいかがです？　もしくは詐欺罪。誰が顧問弁護士だ……」

「ですが、正直たすかりました。とはいえ、マオくんに任せきりで心苦しく思っています。自治会議はどうなりましたか？　推理作家の僕が探偵となり、光り輝く黄金の脳細胞を駆使して問題解決のお手伝いをしますので、詳細に報告してください」

「お構いなく。先生はどうぞ原稿に専念してください」

「僕は気になることがあると、一文字も書けなくなる性質《たち》でして……」

　この男、面倒くさい上に性質も悪いのか。

　わたしは仕方なく先生にスケジュール帳を渡して会議内容と話の流れを説明し、長引家の害鳥避けグッズについてこと細かに語った。長引家は実は大金持ちではないという秘密は別として、山林は今日にも売却手続きされるだろうということも。

「なるほど。山林の話は、はじめからそうなると思っていましたよ。長引さんが自ら所有のものをどうしようが、自治会にとやかくいう権利はありませんから。外灯増設要請はいいとして、署名は提出しても無駄ですね。ところで、メモ欄の『郷土資料・伝説』というのは？」

「あ、それは自治会とは無関係です。先生はミステリに各地の伝説を絡めるのがお得意だから、なにか作品のヒントにならないかと思いまして。役場へ行ったついでに図書室に寄って借りようと思うのですが、如何《いかが》でしょう？」

「マオくんお勧めの伝説は『田山・長引の国争い』ですか」

「国争いの伝説？　いえ、そっちは自治会の田山長老と長引美鳥さんとニワトリの茶太郎の話ですが……」

わたしが失踪ニワトリとサムゲタンのいきさつを語ると、先生は「面白い偶然の一致ですね」と笑った。

「このあたりには、自治会のお二方と同じ名前の地名が存在しましてね、ニワトリに絡んだ伝説があるのです。田山と長引双方の代表が領土を争い、一番鶏の鳴き声を合図にそれぞれの家を出発して行き逢《あ》った地点を境界に定めることにしたのですが、いざやってみると境界線は長引の神社や民家にかかるところになってしまい、怒った長引の代表は怠け者のニワトリが早く鳴かなかったので出発が遅れたのだと、長引のニワトリを全部集めて境界にあった岩の下に埋めてしまいました。それからこの村の田山と奈良県添上《そえかみ》郡月ヶ瀬村長引との境界を示す岩を『鶏石』と呼ぶようになったというものです。うむ……確かに、ミステリの題材に使えそうですね」

「おお！　では早速、その光り輝く黄金の脳細胞を駆使なさって、自治会の問題よりも王子書房の原稿問題をパパッ、と解決してください」

息を止めて咀嚼《そしゃく》したケチャップケーキを茶で流し込み、空いた食器を手早く片付けて帰宅を促したが、先生はちゃぶ台前に座ったまま動かない。

「帰る前に、外灯増設を要請する発端となった女児襲撃事件の真相をお伝えしておきます」

「真相？　警察が言う以外のですか？」

わたしは夜光蛍一郎大先生が導き出した真相を拝聴しようと居住まいを正す。

では、推理作家探偵のお手並み拝見といこうではないか。

「土地開発推進派の誰かがホタルの写真を抹消するために携帯電話を奪う……原口さんの推理はドラマチックですが、現実的ではありませんね。実際は小四女児・柄本聖ちゃん本人の自作自演ですよ。月はじめのおけいこならば、月謝を持っていたはず。鞄を奪われたことにしてどこかに捨て、月謝を小遣いとして着服したわけです」

わたしは目を閉じ、自分の眉間を揉《も》んだ。この男、推理作家として大丈夫か？

「聖ちゃんはピアノ教室の帰り道に被害に遭ったと言ったはずですが？」

「オヤ？　それを先に言ってくれないと困りますね」

「先に言いましたよね？」

「な、ならば、人気機種の中古買取金を狙った携帯電話強奪事件に違いない。僕の黄金の脳細胞がいま、閃光《せんこう》を放ちましたよ！」

鬼の首を取ったかの如く何を言い出すかと思ったら。

「ですから、それが警察の見解だと言いましたよね？」

これがクールでクレバーな夜光蛍一郎の実態かと、一ファンとしては残念な現実に頭を掻《か》き毟《むし》りたくなる。しかし、編集者の立場としては動揺するまい。殺人描写のために殺人者になる必要がないように、推理作家が実際に名探偵である必要もないのだから。

「…………」

たっぷり一分以上の気まずい沈黙のあと、ヘッポコ推理を披露したポンコツ探偵は大きく両手を叩いて立ち上がった。

「蚊でもいましたか？」

「美しく計算し尽くされた芸術的なトリックを思いつきましたので、至急仕事に戻ります。ごちそうさまでした」

ああ。居《い》た堪《たま》れなくなったから逃げ帰ろうってわけね。

時計を見ると、もう二時をまわっている。まったく、時間を無駄に費やしてしまったものだ。

門扉の前まで付き添って、サボり作家がちゃんと自宅に入るのを見届ける。まあ、家に戻ったところで原稿に向かっているかどうか怪しいけれど、机のうしろから急き立てるわけにもいかないし。

公園へ戻る途中、自治区内に入ってきた高級外車に追い越された。車は長引家のガレージに入り、降りてきた男性がチャイムを鳴らして門扉の中へ入って行く。美鳥さんが話していた末の弟さんだろう。

それから仮住まいの美化に努めようと竹箒《たけぼうき》で集会所前を掃き、軍手をはめて公園の草抜きをし、ごみ収集場所にバケツの水を流してデッキブラシで擦《こす》っていたら、声がした。

「ほな、また明日くる。おかしな連中がうろついて物騒なんやから、戸締りに気ぃつけろよ、姉さん」

閉じかけたドアの中に注意を放ち、庭の横手からガレージに出てきた弟さんは、すぐ側のごみ収集ゾーンに立っているわたしに気づき、会釈してから車に乗り込んだ。デッキブラシを突っかい棒にぼんやり見ていたわたしも会釈を返す。

一本道を去っていく高級外車を見送ってしばらくすると、今度は幌つき軽トラがやってくるのが見えた。

もう三時か。

わたしはあわてて掃除道具を片づけ、集会所の中に避難したのだった。

六月の日暮れは遅い。鈴木家に夕食を届けたのは、まだまだ明るい午後六時過ぎ。隣家のカラスたちも物干し竿で仕事中だ。それから原口のおばちゃんの家でお風呂をいただき、持参したアイスを一緒に食べつつ少しおしゃべりしていたら、窓の外を軽トラ集団の歌声が通り過ぎていった。

「七時ですね。そろそろおいとまします」

まるで時報である。

「おかしな連中とかち合うたらアカンさかい、もうちょっと後にしよし」

原口のおばちゃんの助言どおり、歌声が十分に遠ざかるのを待ってから外へ出ると、空気は紫色の夕闇に染まっていた。

「カーラース―、なぜなくの―」

口ずさみながら、暗い公園に入る。灯《あか》りの点《とも》る隣家をふと見れば、物干し竿にカラスたちの姿はない。長い一日のおつとめを終えて、やっとそれぞれのベッドへ帰ったのだろう。

集会所のねぐらに戻ったわたしは読書タイムを楽しんだ。偏食作家用夜食のオムライスは夕食のオムライスと一緒に届け済なので、あとは自由時間だ。

アイヤーセイヤーコラヤ
ナムマンマンチャンアン

紅茶でも飲もうと湯を沸かしているときに本日最終の軽トラがきて、ひと踊りしてから去った。これからやっと平安な夜が訪れる。

しかし、穏やかな時間は長く続かなかった。

柄本さんの家から午後八時十五分に発信された通報により、サイレンの音とともに警察車両が一本道をやってきて、自治区内は騒然となった。

長引家の居間で、ドアノブに巻きつけた園芸用紐で首を吊って死んでいる美鳥さんの遺体が発見されたのである。

3

山城南《やましろみなみ》警察署の蘭堂百合夫《らんどうゆりお》と名のった警部は、公園前に集まった面々を見回し、なぜかわたしに目をとめて近づいてくる。

「先輩！　こちらにお住まいだったんですか」

うら若きわたしにこんなおじさんの後輩がいるものか。

「お久しぶりです、蘭堂くん」

いつの間にかうしろに四十男が立っていた。

聞けば、ふたりは昔、同じ大学のミステリ研究会にいたとか。

「先輩のお書きになるミステリは犯罪捜査のバイブルですよ。ご近所で亡くなった方が出たこんなときに不謹慎ですが、近いうちに是非、ミステリ研のメンバーで集まってお食事でも」

「いいですねぇ。青春が蘇《よみがえ》ります」

しばし先輩との再会を懐かしんだ蘭堂警部は「それではまたのちほど……」と一礼して職務に戻る。

遺体の第一発見者は柄本聖ちゃんだったらしい。

聖ちゃんはピアノ教室から帰って夕食を済ませ、八時の軽トラが去るのを待ってから長引家へ向かった。食事のときに山林売却の話題が出たのでどうしても手紙の返事が欲しくなり、催促をしに行ったそうだ。

インターフォンを押しても出てきてくれないけれど、灯りは点《つ》いている。思い切ってガレージ横の庭から玄関に向かい、ドアノブに手をかけたが施錠されている。あきらめて帰ろうとしたとき、物干し台前の硝子戸が開いていることに気づいた。閉ざされたカーテンが外からの微風で揺れていたからだ。

カーテンの隙間から居間を覗《のぞ》いた聖ちゃんは、美鳥さんの遺体を見つけて自宅へ駆け戻った。そして家族が確認し、警察に通報したという。

「姉さん……なんで自殺なんか！」

一本道にタクシーが停まり、警察から報《しら》せを受けた美鳥さんの弟が駆けつけてきた。

「山林売却のことでご近所からは責められ、宗教団体からは朝から晩まで一時間毎におかしな嫌がらせを受けて、精神的に参っていたのは確かです。せやけど『もう知らん、全部投げ捨てたる』と、わたしに委任状を渡して売却手続きを済ませたから、それで解放されたと思うたのに……反対にそれがアカンかったのかなぁ。張っていた気ぃが抜けてしもうたのかなぁ」

別の刑事に支えられ、すすり泣いている。

「いいえ。これは自殺に見せかけた他殺です」

突然、うしろから進み出て高らかに宣言した推理作家に全員の視線が集まり、わたしは頭を抱えた。何を言い出すつもりなのか、ポンコツ探偵のくせに。

そのとき、紺のジャンパーを着た警察関係者が近づいてきて、何事か耳打ちされた蘭堂警部が顔色を変えた。

「先輩のご慧眼《けいがん》には感服します。遺体には二つの索条痕《さくじょうこん》があり、首を絞めて殺害されたのちに吊られたとみて間違いないようです。なぜおわかりに？」

「僕の黄金の脳細胞が閃光を放ちました。そして、もうすでに、犯人が誰かもわかっています」

「誰だというんです？　先輩！」

「ここで名を出すのは憚《はばか》られます。現場を見せてもらっていいですか？　蘭堂くん」

民間人に事件現場を見せていいわけないだろう……と思ったのに、蘭堂警部はあっさりと承諾してキープアウトの黄色いテープを外した。

「ぜひともご協力を要請します。先輩はただの民間人ではなく、天下に名立たる推理の専門家・夜光蛍一郎先生ですから」

住民たちは集会所でほかの刑事から聴き取りを受けることになったが、わたしは「探偵助手です」と言い張ってついて行く。

蘭堂警部、美鳥さんの弟、ポンコツ探偵とその助手の四人で入った居間からは、もう遺体は運び出されていた。

「ううむ……『怨み晴らさでおくものか』とは、穏やかじゃないな」

蘭堂警部はダンボール箱に引っかかっている料紙を目にしてつぶやいた。

見回した部屋の様子は、午前中にわたしが訪れたときとさして変わらない。ただ、ダンボール箱に入っていた柄本聖ちゃんの手紙が封筒から出され、ローテーブルの上に開かれている。

「夜光先生、これ……」

聖ちゃんが美鳥さんに送った写真を指したが、ポンコツ探偵はキョトン、としたままだ。

「ホタルがどうかしましたか？　新種や希少種だとか？」

「ええっ？　夜光蛍一郎なんて名前なのに、どうして気づかないんですか！」

「そんな情報だけで僕がホタル好きだと思うなんて、マオくんはあわて者ですね。ペンネームは開運命名士から三千円で買ったものです。僕には虫の尻が光るのを拝んでありがたがる変態的趣味などありません。で？　この写真がどうかしましたか？」

「ちょっとホタルに似ていますが、キクやヨモギにつくキクスイカミキリという害虫です。もちろん、夜になっても光りません」

わたしも虫に詳しいわけではないが、この虫は見分けられる。観賞菊づくりを趣味に持つ祖母の天敵なのだ。

「なるほど。そういうことでしたか。マオくんの昆虫豆知識によって、パズルのピースがまたひとつはまりました。ありがとう」

絶対、はまっていないと思う。

「先輩、犯人は一体誰なんですか？」

「蘭堂くん、あわてずひとつずつ整理しましょう。まず、犯行時刻はいつぐらいだと思いますか？」

「詳しい死亡推定時刻は司法解剖を待たないとまだなんとも。いつ殺されたかよりいつまで生きていたかを生活面から考えて……玄関ポーチにも部屋にも灯りが点っていますが、今日は薄曇の天気でしたからねぇ」

「六時過ぎにはまだ、物干竿にカラスがいましたが、七時過ぎにはいませんでした」

わたしは閉ざされたままのカーテンを睨《にら》んでつぶやいた。

「そうや！　姉が大事にしていた害鳥避けのカラスです。日の出に吊るして日没になったら木箱にしまうのを毎日の習慣にしていました」

美鳥さんの弟が棚に手を伸ばすのを制し、手袋をはめた蘭堂警部がふたつの木箱を下ろして蓋を開けると、カラスたちは中綿の上に横たわっていた。

「これらが木箱にしまわれているということは、犯行時刻は日没から午後八時五分の遺体発見までと、ぐっと幅が狭まりますね、先輩」

「はい。犯人はおそらく、カラスをしまう際にカギを開けてそのままになっていたこの硝子戸から出入りしたのです」

「せやから、戸締りには気ぃつけろと言うたのに……」

「次に、この自治区の地形を考えてみましょう。辺鄙《へんぴ》な村の中でも更に周囲と隔絶されたわずか六軒の集落。一本道の突き当たりに並ぶのが長引家と集会所のある公園。裏手は山なので、車は抜けられません。すると、犯人は日没から午後八時五分の間にこの一本道を通った者ということになります。さて、僕は今日、六時過ぎの夕食時から警察車両が入ってくるまでの間、一本道に面した自宅の窓辺で、ネットサーフィンをしながらぼんやりと外を眺めていました」

このサボり作家め。すぐ横にある足を思い切り踏んでやりたい。

「一本道を行き来した犯人候補は四件。まず、マオくんです」

「……まさか、わたしが犯人だなんて言いませんよね？」

「ははは、言いませんよ。それから、一時間毎にくる『京都神山敬愛教会』の軽トラが七時と八時にきました」

「ほな、宗教団体が神罰などとほざいて姉さんを殺《あや》めたと？」

美鳥さんの弟が悔しげに拳を握りしめる。

「いいえ。ネットの掲示板でわかったあの団体の実体は、コンビニ前で屯《たむろ》するよりは有意義な時間を過ごしていると自分の劣等感を誤魔化せて、且つ、しゃがんでいるよりも踊っている分だけ健康的にもプラスになりますよ……という、寂しい暇人たちのサークル活動です。そこに人を殺めてまでの主張があるとは到底思えません」

先生は部屋の隅に移動し、ダンボール箱に引っかかっている料紙を拾いあげた。

「七時半には田山家前にデイサービスの送迎車が停まり、田山老人が帰宅したのち、しばらく杖《つえ》をついて付近を散歩していました。ちなみに、ペットを縊り殺して鶏鍋にされたと思い込み、この手紙を長引さんに渡すようマオくんに託けた人物です」

「縊り殺されたペットの仇《かたき》を討って縊り殺したわけですか」

差し出された料紙を手袋の手で恭しく受け取り、蘭堂警部が頷く。

「動機はあります。とはいえ、田山老人は御覧のとおりの震える字しか書けない御年百歳の超高齢者です。人を縊り殺すだけの握力がないので、犯人にはなり得ません」

「すると、犯人候補の最後の一件がホンボシということに？」

「ええ。蘭堂くん、真犯人は犯行可能時刻の境界線上にいる人物ですよ」

嫌な予感がした。

これ以上ホタルの尻ほども光らない推理を展開し続けたら、正式なものではないとはいえ警察から民間協力要請を受けた天下に名立たる推理の専門家・夜光蛍一郎先生の名に傷がつく。ここは、担当編集者が身を挺《てい》してでも阻止せねば。

「わあぁっ、胸が苦しい。差し込みがぁっ！　ちょっと失礼します！」

わたしはポンコツ探偵の腕を摑み、一旦現場の外へ引きずり出したのだった。


「マオくん、第一発見者が犯人というパターンは往々にしてあるものですよ。それに動機も十分です。最初は、手紙の返事をくれないぐらいで殺害するだろうかと思いましたが、あれがホタルでないなら、返事を聞きに行ったが間違いを指摘され、これは害虫だと嘲笑《あざわら》われて、カッとなったのでしょう」

「柄本聖ちゃんは小四ですよ？　八時五分にここへきて通報するまで十分、家に戻ったり家族を呼んだりの時間を差し引いたら五分ぐらいしかありません。大人を殺害して吊るすなんて犯行は不可能です」

「いまから三百秒数えてみますか？　五分は結構長いですよ。それに、近頃の小学生は体格がいい。対して、被害者は小柄で非力な年配女性です。天井の梁《はり》に吊るすのは無理でも、ドアノブならば造作もないことでしょう」

だめだ……この男、意見を否定されるほどに自分が正しいと主張して頑《かたく》になるタイプ。まったく実に面倒くさい。

「そうですね。先生が正しいです。では、あとは探偵助手のわたしに任せて、ご自宅にお戻りください」

わたしは戦法を変え、深く頷いた。

「はい？」

「第一発見者が犯人などという目新しいことのなにもないありふれた事件なら、夜光先生ほどの名探偵がお出ましになる必要はありません。先生の推理を伝える役割ぐらいなら、わたしのちっぽけな灰色の脳細胞にもできますので、安心してご自宅で原稿に向かってください」

笑顔と腕力でグイグイ押し切り、長引家の庭から追い出すと、それ以上の抵抗はしてこなかった。

「わかってくれましたか。それでは、推理披露の表舞台はマオくんに譲りましょう。おやすみなさい」

寝るな。原稿を書け。そしてペンネームはもう、キクスイカミキリに改名してしまえ。

4

長引家の勝手口を探し、位置を確認してから犯行現場の居間へ戻る。

「すみません。先生は激しい胸の差し込みを訴え、自宅へ帰られました」

「え？　差し込みはあなただったんじゃ……」

目を点にしているふたりに笑みを返し、わたしは強引に続ける。

「でも、大丈夫です。夜光先生の光り輝く黄金の脳細胞が導き出した真犯人の名は、助手のわたしがしっかりとお預かりしてきました」

「……先刻の流れですと、犯行可能時刻の境界線上にいたのは第一発見者の女児ということに？」

蘭堂警部が首を傾げる。

「いいえ？　一体誰がそんな間抜けな推理を？」

わたしは目を見開いてしらばっくれた。

「では、真犯人は一体誰なんですか？」

「蘭堂警部、あわてずひとつずつ整理しましょう。まず、犯行時刻はいつぐらいだと思いますか？」

「……そこは先刻やりましたが」

「日没から午後八時五分？　ほんとうにそうでしょうか。わた……夜光先生は、犯行可能時刻の境界線が犯人によって動かされているのではないかと思い当たりました。つまり、美鳥さんは日没よりもずっと以前に殺害されていたが、この家の中に潜んでいた別の人物が、灯りを点けたりカラスをしまったりと、美鳥さんがあたかも生活していたかのように工作していたとしたら？」

「そうなると、犯行時刻の幅はぐっと拡がりますね」

「せやけど、ここに潜んでいた犯人がいたとしたら、どこからきてどこへ消えたんです？」

「そうですね。次に、この自治区の地形を考えてみましょう。表の一本道を辿れば誰かに見咎《みとが》められるリスクが高い。でも、絶対にないとは言えませんし、この自治区内に住む人間ならば歩き回っていてもさほど不自然には見えない。余所者が犯人なら裏山からきて裏山へ去った可能性もありますね。更には複合型も」

「複合型？」

「たとえば……長引さん、あなたは午後二時過ぎに月ヶ瀬のご自宅から高級外車に乗ってお姉さんを訪ねてこられました。そして不動産登記に必要な書類や実印、委任状を預かり、三時に帰られましたね？」

「はい。それからすぐに京城グループの担当者と落ち合うて、姉の代理人として法務局の木津《きづ》出張所で所有権移転登記申請を済ませてから自宅へ帰りましたよ。最初からそういう予定やったので」

「仮に、長引さんがお姉さんを殺害したとしましょう」

「はあ？　なにをアホなことを……」

「仮に、です。土壇場で美鳥さんの気が変わって、やはり山林は手放さないと言い出した。京城グループに断りの連絡を入れようとする姉を、思わず手近にあった園芸用紐で首を絞めて殺してしまった。とりあえず、予定通りに売却手続きを済ませたいあなたは、まあ、無理だろうけれどあわよくば自殺に見えるよう、お姉さんの死体をドアノブに吊る。すこしでも死亡推定時刻をずらせるようエアコンを入れ、戸締りをして、玄関と勝手口の鍵を持って出る。さも中に生きたお姉さんがいるかのように声をかけながら外から自分で施錠して、車に乗って去る。訪ねてきた人が帰ったのだから、誰も不審に思いません」

「実際、わたしは帰りましたさかいな。それやったら、誰が家の中に潜んでいたといいますのや？」

「登記申請を済ませたあなたは、府県境の道路に面した藪から分け入り、ちょっとハードなハイキングをして裏山から長引家の勝手口に到着。中に入り、鍵をもとの場所に戻し、玄関のドアチェーンをかける。灯りも点したけれど、なにかもっと決め手になる時間稼ぎをしたい。なにしろ、生きている姉を最後に訪ねてきたのは自分ですからね。そこで思い出したのが、日没とともにしまわれるご近所さまに悪評高いカラス。あなたは暗くなるのを待ってカラスを木箱にしまい、エアコンの設定を元に戻して、そこの硝子戸から外へ出た」

「……ははぁ。そしてまた裏山から府県境まで戻ったということですか。行きはともかく、真っ暗な道なき山を帰るのはたいへんでしょうが、まあ、できない話でもない」

自分の顎をさすりながら聞いていた蘭堂警部が相槌を打った。

「いいえ。帰りは真っ暗だからこそ、別の手が使えます」

「別の手？」

「美鳥さんはこのように、意見書や抗議の手紙を捨てずに残していました。その内の一枚を手に庭の隅に潜み、『京都神山敬愛教会』がやってきてパフォーマンスをはじめたら、ガレージの横手から躍り出て集団に混ざり、彼らと同じように意見書を門扉の中に投げ込む。そして一緒に軽トラ最終便の荷台に乗り込めばいいんです。真っ暗な上に、彼らは互いの顔も素性も知らない烏合《うごう》の衆ですから、帰りの人数がひとりぐらい増えていても気づかれずに駅まで送ってもらえます。とても賢い思いつきだと思います。ただ、お姉さんの遺体が見つかるのが早過ぎたのが大誤算でしたね。車を回収しに行く時間がなかった。だから報せを受けて、駅からタクシーできたのでしょう？」

「とんだ言いがかりや。タクシーを使ったのは、姉の死を報されて動揺しているときに自分で運転して事故を起こしたらアカンからです」

「筋の通った言い訳です。でも、裏山に面した府県境の道路を調べたら、山道の路肩に高級外車がポツン、と停まってはいないでしょうか？」

蘭堂警部はわたしに頷き、捜査員のひとりを手招きして車両捜索の命令を出した。

「わたしが姉さんを殺した？　どこからそんな荒唐無稽な推理が出てきたんですかいなぁ」

美鳥さんの弟は目を閉じて腕を組み、薄く微笑《ほほえ》みながら身体《からだ》を前後に揺すっている。

「どこからかと申しますと、蘭堂警部が木箱の蓋を開けたところからです。少なくとも、カラスをしまったのは美鳥さん本人ではないと確信しました」

「なんでまた？」

「木箱とカラスが合っていないからです」

わたしは木箱の側面を指し示した。

「ふたつは同じ箱ですが、側面に記されたアルファベットが違います。こちらはＬ、そちらはＲ。そして専用の木箱ベッドを持つ二体のカラスは、本物そっくりなものと羽根だけを束ねたもので見た目があきらかに違います。外から物干し竿を見ると、本物そっくりなカラスはいつも右側、羽根だけのものはいつも左側に吊るされていました」

「ん？　ちょっと待ってください。外から見てそうなら、家の中から見れば左右は逆になりますから、これで合っているんじゃないですか？　ああ、ややこしいな……こっちから見て右がＲで、左がＬ……うん」

蘭堂警部が回れ右をしながら確認する。

「ええ。普通はそう思いますよね？　でも、これがｒｉｇｈｔ《右》とｌｅｆｔ《左》じゃなく、精巧を意味するｒｅａｌと軽量を意味するｌｉｇｈｔの区別を表すアルファベットだとしたら？」

「なるほどねえ。さすがは作家先生や。どえらいこじつけを考えはるものやと感心しますわ。推理としては面白いかも知れません。ま、所詮は『もしも』と『仮に』の話やけど」

「いいえ。こじつけの推理ではなく、事実を述べたまでです」

わたしは手袋の蘭堂警部に頼んで中綿下に隠れていた説明書を取り出してもらった。

「ほんとうだ……精巧タイプと軽量タイプとある」

蘭堂警部に説明書を突きつけられた美鳥さんの弟は、泣き笑いの表情で天井を仰いだ後、すとん、と床に膝をついて疲れた声で自白をはじめた。

「はっ、ははは……せやな、そんなカラス自慢、しとったかも知れん。ちゃんと聞いていたらこんな失敗をせんで済んだのに、金の無心をすることに気ぃ取られて、姉さんの話なんかろくに耳に入ってなかったわ」

「長引さん、登記の際に提出した委任状は、自分で作ったものですか？」

「ああ。姉さんがくれへんかったさかいな。くれると約束したのに」

有印私文書偽造が証明されたら、登記申請は無効にできるだろう。

「黄金の脳細胞を持つ夜光先生にも解けない謎がひとつあるんですが……聖ちゃんの手紙がここに開いているのはなぜでしょうか？」

「ああ、それな……姉さんはその写真を出してきて、こんな害虫をホタルやと信じて開発をやめろやなんて、ばかばかしいたわ言やと嘲笑うとったわ。いまの子どもは無知であわれやとな。せやから、自分が山を売らんと辛抱して頑張って、いつかそこにほんまのホタルが飛ぶ姿を見せたらんとアカンのかも知れんって……」

「それが美鳥さんのお返事でしたか」

「……なんでや。なんでこんなことになったんや。タダでももらい手のない厄介者の山が一千万で売れるんやぞ？　マイナスが一千万に化けるんや。夢みたいにおいしい話や。せやのに、なんでわざわざそんなしんどい道を？　度し難い人や。姉さんは昔っからそういう人やった。厄介者の末の弟は、いっつも姉に迷惑をかけて、とうとう人間としての境界を踏み外して畜生以下の姉殺しに堕《お》ちてしもうた。姉さん、堪忍……堪忍してくれ！」

くずおれて泣く犯人は、両脇をふたりの刑事に抱え上げられて部屋を出て行った。

「多大なるご協力、誠に感謝します」

わたしは直立不動で敬礼する蘭堂警部に敬礼を返し、忘れてはならない最後のひと言をつけ加えた。

「……と、すべて夜光蛍一郎先生が仰《おっしゃ》っていました」

「夜光蛍一郎……あの男、納得いかん」

最新号の『ポアロ』を枕にぐったりとデスクに突っ伏していると、背後にいやな気配を感じた。

「なにが納得いかんのかね？　しゃきっとしたまえよ、黒木くん。美しく計算し尽くされた芸術的な境界線トリックに、ホロホロ鳥の鳴き声が死を招く息も吐かせぬスリリングな展開。クールでクレバーな二枚目探偵が魅せる快刀乱麻を断つ謎解きに誰もが納得の極上ミステリじゃないか。さすがは夜光先生……黄金の脳細胞にうっとりするねぇ。おかげさまで今月号の『ポアロ』はかつてない売れ行きだ。見たまえ、このほぼ直角にハネ上がったミラクルな折れ線グラフを！　もちろん、この作品をもぎ取ってきたきみの功績も大きいよ。そうかね、お疲れかね。どれ、肩でも揉んでやろうかねぇ」

わたしの後ろに立つな。

身を起こし、キャスターつき回転椅子を反転させて睨んだ編集長の顔は、すこぶる上機嫌だ。

「ええ。傑作推理短編ですとも」

脳細胞に塗った金メッキが大脳半球のしわに詰まって思考回路が壊死《えし》したかのような推理しかできないあのポンコツ探偵に、なぜこんな素晴らしいミステリが書けるのか……実に納得いかん。

「そういえば、夜光先生が故郷の山を買って、遊歩道と自然公園設備費用をドーンとつけてポーンと自治体に寄付したんだって？　名誉村民になられたらしいね」

「相変わらず夜光蛍一郎にお詳しいですね。一体どこから情報を仕入れてくるんですか？」

「ご本人からだよ。信じられないことに、担当編集者が作家先生からの電話を着信拒否しているらしくてねぇ？」

「だって、裏山から現れた茶太郎がアイコを死滅させただの、宅食サービスのオムライスが口に合わなくて痩せただの、毎日かけてきて面倒くさ……いや、あれ？　おかしいですね。わたしの電話、古い機種だから山間部からの電波は入らないのかしら」

「まあいい。実は、重大な話がある」

「……はあ」

「きみに引き抜きがきていてね。わが社としては優秀な編集者を奪われたくないので、話を通さずに握りつぶそうかとも考えたんだが、相手はうちのような弱小出版社とは比べようもなく大きなところだし、やはりここは本人の意向をきくべきかと思い直したわけなんだよ」

「握りつぶすってなんですか。聞くべきに決まっているでしょうが。それで、大手ってどこです？　端川出版？　大宝社？　まさか、帝國文芸？　いきますよ、いますぐいきます！」

「いや、夜光先生がきみを嫁にくれと言ってきている」

「ハァァ？　なにを考えているんですか、あの四十男は。わたしは二十三歳のうら若き乙女《おとめ》ですよ？　厚かましいにもほどがある」

「顔目当てでも身体目当てでも若さ目当てでもなく純粋な愛だと、電話口で熱く語っておられたよ。至高のオムライスに一目惚《ぼ》れならぬ一口惚れをして、もうきみなしでは生きていけないので、仕事を辞めて村へ嫁いできてほしいそうだ」

「一口惚れ？　なんじゃそりゃ。ちゃんちゃらおかしくてへそが茶を沸かしますよ。ハハハッ、冗談はよし子さん」

あまりのたわ言に、わたしは編集長の腕をバシバシと叩いて笑い転げた。

「普通の若者は『あり得なーい、超ウケるー』とか言わないか？　その言動……きみはほんとうに二十代かね？」

しまった。すっかり原口のおばちゃんの口癖が伝染《うつ》っている。わたしは咳払《せきばら》いし、謹んで返答しなおした。

「ごめんなさい。わたしはここで編集者としての道を究めます……と、編集長から夜光先生にお断りを入れておいてください」

「そうかね、ありがとう！　黒木くんはわが社の宝だ、編集者の鑑《かがみ》だ。きみはミリオンセラー作家が稼ぎ出す印税ウン億円に惑わされて魂を売るような人間ではないと信じていたよ。それじゃ、また夜光先生の村へ出張する準備をするように」

「……はい？」

その流れ、おかしくないですか？

編集長はわたしのデスクから『ポアロ』を取り、巻頭ページを開いて頷く。

「この作品、短編一本で終わらせるには惜しいキャラクター設定だと思うだろう？　あわよくばシリーズ化を……と思って調べたら、あちらはそろそろ村祭りの準備をはじめる時期じゃないか。たしか先生の自治会が出すのは水風船とわたがしとフランクフルトの屋台だったかな？　いいよねぇ、牧歌的だよねぇ。会社から浴衣《ゆかた》を支給するから、楽しんできてくれたまえよ」

わたしはキャスターつき回転椅子を窓辺まで滑らせ、ときめきのまち北区の昼下がりの往来に向けて叫んだのだった。

「冗談はよし子さーん！」

はみだし

敏腕編集者の京都案内①

京都といえば金閣寺？　いいえ、わが王子書房は、そんなありきたりの概念からはみだした新たな観光スポットをご案内します。

夜光先生がお住まいの南山城村《みなみやましろ》は、三重県・滋賀県・奈良県と接する京都府唯一の村。舞妓は歩いていませんが、風光明媚《めいび》で心癒されるいいところです。村の木である山桜の咲く頃に、ドライブやレンタサイクルでの散策は如何でしょう。

国争いの伝説に登場する境界の鶏石は、月ヶ瀬村《つきがせ》（現・奈良市月ヶ瀬）に位置しています。こちらは、その起源が６００年以上前に遡ると云《い》われる古《いにしえ》からの梅の名所。元弘《げんこう》の乱の際、後醍醐《ごだいご》天皇とともに笠《かさ》置《ぎ》から落ち延びた女官のひとり・園生姫《そのおひめ》が月ヶ瀬に逃げ、たすけてくれた村人に烏梅《うばい》（梅の実の燻製《くんせい》で漢方薬になる）の技法を伝えたとされる碑があります。

都会の喧騒《けんそう》を忘れて静かな土地で花を愛《め》で、遥《はる》かなる伝説に浸ってみるのも素敵ですね。

第二話

鳥辺山心中

Kの縁《えにし》が道行きを誘う

目を閉じれば、一昨年の春に就職説明見学会で足を踏み入れた帝國文芸本社ビルが脳裏に浮かぶ。

カフェと見紛《みまが》うハイセンスなオフィス。すべて北欧家具で統一されたそのレトロモダンで機能的な就労空間を闊歩《かっぽ》する、いかにもできそうな社員の群れ。

帰り際、夕日を映して眩《まぶ》しく輝く遮熱ミラー窓を見上げ、編集者になる！　と、自らに誓ったあの日。

そして遂に、憧れの職業に就いた。

「レイアウトはスタイリッシュに。タイトルはキャッチーに。巻頭特集はバーン、ドーン、ダダーン、と目にくる悪魔的なアレで。次号は全体をクリーミーでありながらスパイシーなテイストに仕上げる方向でよろしく」

「アイアイサー」

さっぱりわかりません。

具体的ビジョンの欠片《かけら》もない上司の指示と先輩たちが斉唱する呪文に眉間を揉みつ

つ目を開けると、ここは王子書房。エレベーターすらない真にレトロな貸しビル四F、倉庫と見紛う混沌《こんとん》の狭小空間である。

とはいえ、腐っている場合ではない。おしゃれなオフィスに恵まれなくても、編集長が宇宙人でも、わたし以外の『ポアロ』編集部員全員がおじさん集団のザ・昭和ズでも、編集者として自らの仕事をこなすまで。

「打ち合わせに行ってきます」

「あ、そうそう。黒木くん」

一Fの喫茶『ときめき』へ向かおうと席を立ったわたしを、編集長が呼びとめた。

「きみはヴェローナへ行きたまえ」

「はあ。それはどこのカフェですか？」

ライターと約束した場所が変更になったのかと、慌ててメモを引き寄せ問い返す。

「イタリアのヴェローナだよ。夜光先生の次の作品は心中ミステリだろう？　一緒に『ロミオとジュリエット』の地を巡ってきたまえ。気前のいい方だから、きみがおねだりすれば靴でもバッグでも洋服でも、なんでも買ってくださるぞ」

「いりません。事件の舞台は村の景勝地だと、先日報告したじゃないですか」

「うーん。京都とは名ばかりの村が舞台じゃ、地味なんだよねぇ。いっそ海外がいいよ。きみも会社の金でイタリア旅行ができるわけだから、感謝感激雨霰《あられ》だろう?」

「……尼寺へ行けと命じられたほうがましです」

「おやおや。しっかりしたまえ。尼寺へ行けと言われたのは、ジュリエットじゃなくて『ハムレット』のオフィーリアだ」

「ええい、とにかく! 村がだめなら舞台は京の都に変えましょう。海外よりも近年熱いのは、観光都市ランキング世界第一位にもなった京都JAPANです。では、取材先を探して夜光先生に連絡しておきますので」

あの面倒くさい四十男を引率しての海外出張など、ごめんこうむる。

わたしは強引に話をまとめ、階下の喫茶店へと逃げ去ったのだった。

1

京阪《けいはん》電鉄祇園四条《ぎおんしじょう》駅下車、六番出口から地上に出てすぐの『南座』は、歌舞伎や演芸の公演が行われる日本最古の伝統ある劇場だ。

現在、取材のために舞台袖から観劇中の演目は、ミュージカル『鳥辺山《とりべやま》心中』。

将軍のお供で京へきた青年武士・菊池半九郎《きくちはんくろう》を演じているのは、戦隊ヒーロー出身の新人俳優甲田健介《こうだけんすけ》。遊び人の親友に誘われた祇園の店で、恋多き美人女優の江口花蓮《えぐちかれん》演じる遊女・お染《そめ》と出会い、一途《いちず》な情を交わす。江戸へ帰る前日、親友を宿所へ連れ戻そうとするその弟が揚屋に乗り込んできて、半九郎が宥めるのだが、口論の果てに四条河原《がわら》での決闘に発展し、斬り殺してしまう。切腹するか親友に弟の仇として討たれるかしか道はないと覚悟を決める半九郎。一緒に死ぬと泣きすがるお染。ふたりは揃いの晴着に身を包み、鳥辺山で心中を果たすのであった。

拍手が鳴り響く中、ゆっくりと緞帳《どんちょう》が下り、道行きを終えた男女が舞台袖に戻ってきた。

スタッフや共演者たちも拍手でふたりを迎える。

「健介版は無事閉幕だな。花蓮サンと熱愛中の身としては妬《や》けたけど、明日はもっとラブラブ感を出すから、俺の半九郎にも期待してて」

長身瘦軀《そうく》の美男子が、並び立つ健介と花蓮の間に割って入り、肩を抱いた。

今回の公演は半九郎のみ新人俳優がWキャストで演じ、主役ソロ部分の演出を音楽や照明やセットの仕掛けまで大幅に変えてあるのが特徴だ。今日と明日で異なる舞台装置の動きを、次作のトリックに組み込むために取材させてもらっている。

明日の半九郎を演じる井波洋二《いなみようじ》は、花蓮との焼肉デートを先月写真週刊誌にスクープされて以来、注目度急上昇中の元モデル俳優。

「言っておくけど、明日、舞台上で妙な真似《まね》をしたら承知しないわよ」

「ええー？　いま注目のカップルとしてはさあ、クライマックスで熱烈なディープキスのひとつもかまして、マスコミに話題を提供してやろうぜ。大阪公演や名古屋公演に向けていい宣伝にもなる。俺ら、そういう商売でしょ」

「ふざけないで」

花蓮は肩に置かれた洋二の手をピシャリ、と叩き落とし、着替えのために楽屋へ向かう。

熱愛中の恋人とは思えない冷たい態度だったが、洋二は気にする様子もなく、肩を竦《すく》めてヘラヘラと笑った。

「怖い、怖い。格上の女優サンがカノジョだとたいへんだよ。やっぱ、背伸びはやめて、地道なお勤めをしている一般女子と健全なデートを重ねる胸キュンなフツーの恋愛がしたいなあ。キミ、どう？」

視線を向けられ周囲を見回したら、一般女子はわたししかいなかった。

どう？　と仰られましても……と、笑顔が引き攣《つ》る。

「王子書房の黒木さんだっけ。下の名前は？」

「……真央ですが」

「マオちゃんか。大作家センセイの担当を任されるなんて、優秀なんだね。その上、下手なアイドルよりずっと可愛《かわい》いじゃん」

近い。いくら美男子とはいえ、顔が近いぞ。しかも酒臭い。

「この店、女性に大人気らしいけど、きみも知ってる?」

わたしをうしろから抱き込むようにして顔の前に示したのは『縁』という宝飾店の伝票。注文の日付は半年前だ。品名欄に『京都店限定デザインブレスレット・男性Y／女性K』とある。

「はあ。刻まれたイニシャルが『縁』を結ぶというスピリチュアルアクセサリーですよね。完全受注生産で職人の手仕事だから、受け取りまで半年待ちだとか、ネット販売しないから手に入れるのは至難の業だとか……弊社の雑誌『ポアロ』の人気商品の謎を探るコーナーで紹介したばかりです。贈られた女性はきっと喜ばれますよ」

「……どうだか。あ、そうだ、ちょっと待ってて」

洋二はすこし離れたところに立っている自らのマネージャーに駆け寄り、高級そうな革カバーのついた最新型アイフォーンを手に戻ってきた。

「ねえ、きみとの『縁』も結びたいから、新作をプレゼントさせてよ。まずは連絡先をおしえてくれる?」

「まあ、残念。わたし、金属アレルギーなので」

と、いうのは嘘《うそ》っぱちだが、まさかナンパ師との『縁』などいらんと本心を口にするわけにもいくまい。こんなとき、咄嗟《とっさ》にうまい方便で躱《かわ》すことができてこそ、賢い大人の女というもの。

「ふうん。金属アレルギーの人って結構多いね。今度の舞台出演者にもいるらしくて、その子の私物アクセサリーをヒントに衣装部が遊女衣装を大幅に軽量改良したらしいよ。アレ、なんていったかな? コットンパールより軽い……」

「バルサパールですね」

軽量木材を原玉にしたバルサパールならば、プラスチックの模造真珠の約五分の一の重さだと聞いたことがある。

「興味ある? じゃあ、そのバルサパールのアクセサリーを贈らせてよ」

なかなかめげないナンパ師だ。さて、次はどう躱すべきか。

「マオくん」

「え?」

突然うしろから腕を引かれ、驚いて振り仰ぐと、スタッフに囲まれて舞台セットの仕組みを説明されていたはずの夜光先生が間近に立っている。

「お借りしている楽屋へ荷物を取りに戻りますよ。一緒にきてください」

「あ、はい。それでは失礼します、井波さん」

会釈をして踵《きびす》を反《かえ》そうとしたら、頭上からわたしにしか聞こえないくらいの小さなつぶやきが降ってきた。

「あーあ。素朴でいいなと思ったのに、もう大作家センセイのお手付きとは……ザンネン。胸キュンなフツーの恋愛って、難しいね」

なんだと？

失礼にもほどがある。とび蹴りのひとつも喰《く》らわせてやりたいが、取材先で騒ぎ立てるわけにもいかず、わたしはぐっと我慢するしかなかった。第一、何か言い返そうにも、洋二はこちらが抗議の口を開くいとまも与えず背中を向け、宝飾店の伝票を頭上で振りながら、自らのマネージャーのもとへ歩み去ってしまった。

「ワコさーん！　このブレスレット、店が閉まらないうちに受け取っておいて。俺は明日の二日酔いに備えて迎え酒してくる。いつから迎え撃ってるのかわかんないけどさ……へへへ」

明日は大事な自分の舞台本番だろうに、大丈夫なのか？

「せっかく、稀《まれ》に見る美男子なのに……」

残念な役者ですよねえ？　と、背後に同意を求めたが、返答がない。

「あ……それはそうと、ちょうどいいところで迎えにきてくださって……」

ナンパ師など自分で振り切れたし、却《かえ》ってろくでもない誤解を招いて侮辱されたのは痛恨の極みだ。とはいえ、助け舟を出しにきてくれた気持ちは嬉《うれ》しかったので、素直に感謝を伝えようと思った。しかし「ありがとうございました」と続けようとした言葉は、なぜかしょんぼりと肩を落とした四十男の拗《す》ねた声に遮られてしまった。

「稀に見る美男子との楽しい語らいを邪魔してしまい、すみませんでしたね」

どうしてそうなる。

ああ。実にまったく、面倒くさい。

本日の取材を終え、与えられた楽屋で帰り支度を整えてドアを開けると、夜光蛍一郎ファンの舞台関係者たちで狭い廊下が塞がれていた。

「先生の本は全部持っています。ご本人もハンサムで素敵。あの……一緒に写真をお願いしてもいいですか？」

「もちろんです。さあ、もっと先生に寄り添って……ハイ、チーズ」

わたしはカメラマンと化し、次々に渡される携帯端末の機能に戸惑いながらもシャッターボタンを押し続ける。読者様は大切にしなければ。

狭い楽屋なのでグループ入替制にしてカメラマン兼会場整理員の役目をこなしていたら、十五分ほどで廊下の列を捌《さば》くことができた。

最終グループは四人の女優だった。

「月刊『ポアロ』で新しく始まった『イナズマ探偵』シリーズの雷紋閃太郎《らいもんせんたろう》先生がかっこよすぎて、名推理のシーンでは、心臓がビリビリ感電しちゃいそうになります」

「わたしは愛嬌《あいきょう》たっぷりなポンコツ助手の白井杏《しらいあんず》がお気に入りです。先生、ドラマ化されるときは是非、杏役に推薦してください」

「ずるいわ！　わたしも杏をやりたい」

半九郎の親友につく遊女お花《はな》とお道《みち》を演じる二人がはじめた口論に、揚屋の仲居・お雪《ゆき》を演じる近藤胡桃《こんどうくるみ》が「早とちりで前のめりでズッコケ体質の杏なら、貴帆子《きほこ》先輩がイメージですよ」と、割り込む。

「ハイハイ。喧嘩《けんか》しないでまずは仲良く三ショットで撮りましょう。両側から夜光先生の肩に手を置いて笑顔でニッコリ……さすがは女優さん。では、次は胡桃さんの携帯で」

わたしが携帯を受け取ろうと手を伸ばすと、胡桃が悲鳴をあげた。

「やだ！　携帯を預けたままだわ」

「胡桃ちゃんは花蓮さんと同じマネージャーだっけ。じゃあ、あっちに付きっきりで、すぐに返してもらうのは無理ね。あとでデータを送信してあげるから、これで撮って」

自分の携帯電話を差し出したのは、コミカルな演技で観客を湧かせていた酔っ払い遊女役の曽我《そが》貴帆子だ。

「それにしても、役者は朝イチで携帯を没収されて閉幕までさわれない規則なんて、不都合ったらありゃしないわよねえ。まあ……わたしには好都合な出来事だったわけだけど」

前任の酔っ払い遊女は稽古中にこっそり携帯をさわっているところを演出家に見つかり、即刻クビを切られたそうだ。おいしい役どころなので、後任を射止めた貴帆子には飛躍のチャンスが巡ってきたといえる。

「シリアスに沈みがちな悲恋物語にコミカルなキャラクターを投入してメリハリを出すというのは、うまい手法ですね。特に、半九郎に迫ってお染を嫉妬させ、三人絡まっての珍妙なダンスを披露する中盤のあのシーンがいい。僕も大いに笑わせてもらいましたよ」

「まあ、嬉しいお言葉！　明日もはりきって半九郎を誘惑して、キレのある酔っ払いぶりをお見せしますね、先生」

「でも先輩、明日の半九郎は井波さんだから、気をつけてくださいね」

後輩女優の胡桃が笑顔を曇らせる。

「おや。あの稀に見る美男子は、そんなに性質が悪いのですか？」

先生は首を傾げて貴帆子に問うた。

「ええ。一昨日の通し稽古では、足元の危うい彼に着物の裾を踏まれたり、三人絡まったまま奈落に落ちそうになったりで、花蓮さんもわたしもヒヤッとしました。風邪《かぜ》で熱があったからだとマネージャーが謝りにきましたけど、誤魔化しようもなくお酒臭かったわ。そういえば、胡桃ちゃんは帰り際に楽屋前で彼に声をかけて、随分泣かされていたわよね」

「井波さんが来シーズンの月9でヒロインの相手役に抜擢《ばってき》されると噂《うわさ》を聞いたから、祝福と応援の言葉をかけただけなんです。なのに『月9に出演したいなら俺に擦り寄るよりも、局の偉い人間と寝ればヒロインの友達役ぐらい手に入るかも知れないぞ』とか、散々暴言を吐かれて。ああ……あまりの美男子ぶりについフラフラと声をかけてしまった面食いの自分が怨めしい」

「おやおや。稀に見る美男子にアイドルより可愛いなどと口八丁におだてられてぽんやり見惚《みと》れているような面食いという人種は、人間の本質が見抜けないがゆえに後々泣く羽目になるという見本ですね」

やかましいわ。稀に見る勘違い推理作家め。

勝ち誇ったようにこちらを見る四十男に心の中で悪態を吐きながら、わたしは女優たちに疑問を投げかけた。

「演出家はなぜ、素行の悪い井波さんを放置したままなのですか?」

「ポスターもパンフレットも出来上がってチケット販売がはじまってからでは、主役をクビにはできませんよ」

胡桃が唇を尖《とが》らせる。

「礼節に厳しい方なら、そもそも顔合わせの段階で井波さんのようなタイプは主役から外されそうなものですが。そこはやはり、この業界ならではの、スポンサーの事情や事務所の力が働いたのですか?」

「いいえ。所属は弱小プロダクションですし、後ろ盾なんてないと思います。マネージャーの浜田和子《はまだかずこ》さんが地方で紳士洋品店のチラシモデルをしていた井波さんを発掘し、百年にひとりの逸材と見込んで、ここまで二人三脚でやってきたようですよ。井波さんもね、はじめはとても真面目《まじめ》な好青年で、稽古にも真摯に取り組んでいました。あの容姿ですから、胡桃ちゃんをはじめ、女優陣の評判もすこぶるよかったんですけどね」

「そうなんです！　貴帆子先輩の仰るとおり、あたし、三ヶ月前の初顔合わせのときに、なんて感じのいい美男子なのかしらって一目惚れしちゃって。なのに、ひと月ほど前に花蓮さんとの熱愛報道が出て名前が売れた途端、天狗《てんぐ》になってあの態度。先生、ああいうサイテー男は是非、次の作品でグサッとやっちゃってくださいよ」

淡い恋心を抱いた分だけ傷つけられた怨みもひとしおの胡桃が、物騒な発言をする。

「なるほど……大いに創作意欲を掻き立てられます。井波洋二を刺殺……と」

真に受けた推理作家が手元のメモ用紙に人物相関図を描きはじめると、先刻まで口論していたお花とお道がキャッキャ、と弾んだ声をあげた。

「容疑者は甲田くんね。動機は花蓮さんを巡っての三角関係のもつれ」

「恋愛沙汰じゃなくてもWキャストのライバルだし、犯人として安易過ぎよ」

「じゃあ花蓮さん。もう別れたいけど、弱味を握られていて別れられない」

「弱味って？」

「俺を捨てたらハダカの写真をネットに流出させるぞとか、よくあるじゃない」

「いやだ、サイテー。でも、よくあり過ぎて面白くないわ」

「じゃあ、演出家は？」

お花とお道の意見に従い演出家のシルエットも描かれ、次第に相関図が複雑化していく。

「先生、なんならもう、あたしが殺しましょうか？　犯人って、結構おいしい役どころですよね。ドラマ化するときはよろしくお願いします」

胡桃が申し出ると、お花とお道もすかさず名のりをあげた。

「ずるいわ！　わたしも犯人になりたい」

「いいえ！　わたしが井波を殺します！　この顔立ち、過ぎた美貌が不幸を招いた犯人役にぴったりだと思いませんか？」

自己主張の激しい女優たちに熱烈犯人志願アピールをされた推理作家は、容疑者でいっぱいの人物相関図を見つめながら楽しげに微笑んだ。

「さて……誰を犯人にしましょうか」

2

「今日は『鳥辺山心中』井波洋二バージョンを観劇後、タクシーで大谷本廟《おおたにほんびょう》へ向かい、鳥辺山一帯を散策予定です。ほかに回りたいところはありますか？　あの……先生、提案なのですが、取材も兼ねて祇園の料亭で軽く夕食を摂《と》り、そのあと小洒落《こじゃれ》た町家バーで一杯……なんてどうでしょうか。もちろん、わが社の経費で」

期待を込めて聞いてみたのに、大作家先生はあっさり却下してくれた。

「いいえ。僕は人間の判断力を狂わせる悪魔の水など一滴も口にしたくありません。それより早めに村へ帰りましょう。マオくんの作ったオムライスで夕食を摂り、おいしい緑茶を啜《すす》りつつ原稿にかかれば、さぞや筆が進むことでしょう。やはり僕には静かな村がいちばんだと、心から思います」

「……はあ。筆が進むのは結構なことだと、心から思います」

要は、偏食な上に下戸なのね。

わたしはガックリと肩を落としつつ、南座の関係者入口へ回った。

「おはようございま……あら？」

楽屋廊下を走り回るスタッフに、奥のほうで飛び交う怒号。とても声をかけられる雰囲気ではない。

「あっ、夜光先生に黒木さん。おはようございます。これ、昨日と同じ楽屋の鍵です。お席も舞台袖に用意できておりますので……」

昨日接待係を務めてくれていたスタッフのひとりが、慌てて走ってきた。

「なにかハプニングでも？」

「それが……主役の井波洋二がまだ入っていなくて」

「えっ、十一時開演ですよね？　十時半を過ぎていますが……」

「先ほど、急病ということにして今日も甲田健介でやる決定が出ました。お客様への説明やチケットの払い戻しなどで混乱するでしょうから、二十分ほどの遅れを見積もって開演予定です」

「そういう事情でしたら、僕たちはご遠慮させていただいたほうがよさそうですね、マオくん」

「あっ、そうですね」

わたしは鍵をスタッフに差し出した。

こんな非常事態に部外者がいては邪魔だろうし、こちらとしても、同じバージョンを二度見ても仕方がない。

「いえ、先生たちさえよろしければ、是非観《み》てやってください。健介は、洋二の演出でやるつもりです。体格が違うのでさすがに衣装は自分のものですが、ソロで舞うシーンでは照明や音楽も変わり、舞台が昨日と逆回転しますよ」

「急な代役なのに、大丈夫ですか？」

「洋二の稽古もずっと見ていて、頭に入っているそうです。急な代役だからと昨日と同じものをやっては通しで観にきてくださったお客様に申し訳が立たないと言ってききません。健介のプロ意識には脱帽しますよ」

手の空いている者を求める叫び声があがったので「どうぞ行ってください」とスタッフを解放し、夜光先生とわたしは楽屋に荷物を置いて観劇の準備を整え、舞台袖へと向かった。

健介演じる洋二版の半九郎は問題なく第一幕を終え、拍手とともに幕間休憩の時間を迎えた。観客の評判は上々のようだ。

「この役者さん、偉いわねえ。今日の半九郎が急病やからと、自分が稽古したのと違う演出で代役してはるのよ。払い戻しして帰ってしまわんで正解やったわ」

「なあなあ。いま、ファンサイトの書き込みを見たらな、井波洋二は急病と違うらしいえ。見てみよし」

「ひや、ほんま……深酒をして、飲み屋で寝こけて居やはったのやて。どえらいチョンボや。そらなんぼ男前でもアカンわ」

ネット社会では、今回のような失態をうまく隠し通そうとしても難しい。写真を撮って拡散されてしまえば、あとはもう晒《さら》され叩かれるばかり。顔のない断罪者たちが残酷に「死ね」と裁きを下す。

当の洋二は第一幕の終盤に半九郎の出で立《いた》ちを整えて舞台袖に現れ、幕間開けの第二部から交代させてもらえないかと監督に願い出たが、到底受け入れられないと拒絶されると「そりゃそうだ。もう俺、おしまいですよね」とヘラヘラ笑ってあっさり引き、さっさと着替えとメイク落としを済ませてどこかへ行ってしまったようだ。

「フルスピードで完璧に仕上げた半九郎だったのに！」

無駄な仕事をさせられたと、ヘアメイクの女性はカンカンに怒っている。

マネージャーの浜田和子は、大遅刻した洋二の衣服やアクセサリー類を乱暴に剝ぎ取りながらメイク室に押し込んだあと、上層部に呼び出されて会議室へ向かい、当のタレントが謝罪もそこそこに消えてしまったとも知らずに未《いま》だそこで土下座中だという。

幕間の昼休憩をとりに楽屋へ戻りながら、わたしは隣の先生を見上げた。

「本人は意外とケロリとしていましたね。大失敗してもあんなにヘラヘラ流せる性格って、人生楽だろうなあと、ちょっと羨ましくなります」

「人間、表面だけではわかりませんよ。もう限界だという精神状態のときほど、ヘラヘラした態度をとってしまうこともありますからね。今頃はトイレの個室にでも籠もって泣いているかも知れません」

「なるほど。さすがに四十年も生きていらっしゃる先生は、深いことを仰る」

大人の人間洞察力だと感心して褒めたのに、プロフィールに年齢未公開の担当作家は、「まだ誕生日が来ていないので四十年も生きていません」と、大人気なくむくれたのだった。

「ごちそうさまでした。マオくんのオムライスは冷めてもおいしいですねえ。早くお嫁にきてもらって、朝昼晩におやつに夜食にと一生全力で食べ続けたいものです」

「おそまつさまでした。はい、緑茶です」

おきまりのたわ言をスルーして弁当箱を受け取ったわたしは、代わりに水筒の茶を注いだコップを差し出す。

南座館内には食事処《どころ》も弁当やコーヒーを販売している売店もあるのだが、偏食作家がオムライス弁当と村の名産茶をご所望なのだから仕方がない。

ノックの音がして、ドアを開ける。

「お飲み物をお持ちしました」

接待係を自負しているらしいスタッフが、コーヒーと井筒の生八ツ橋をのせた盆を手に立っていた。

「お気遣いありがとうございます」

「それから、さっき夜光先生がお尋ねになった女優の件、調べてきましたよ」

「女優の件？」

わたしが首を傾げて振り返ると、先生は飲み干した茶のコップを差し出しつつ頷いた。

「バルサパールを謎解きの小道具にしようと閃《ひらめ》いたので『衣装部にヒントを与えた金属アレルギーの女優』さんに、そのパールを扱っている店を紹介していただこうと思いまして」

この男、わたしとナンパ師のやりとりを一体いつから……いや？　昨日の『アイドルより可愛いなどと口八丁におだてられ』のくだりからすると、最初から聞いていやがったのか。舞台上で大勢のスタッフと会話しながら……なんという地獄耳。

担当作家の特殊能力に慄《おのの》きつつコップにおかわりの茶を注ぐわたしのうしろで、接待スタッフがメモを読みあげる。

「端役遊女のひとりで名前は『クキ、ケイコ』。第一部で出番は終わっているので、もうすぐ来ると……あ、あの子だ。クキさん、こっち！　それじゃ、あとはクキさんに任せて僕はこれで失礼しますね」

接待スタッフが一礼してドア向こうへ去り、入れ替わりにわたしと同世代くらいの女性が「失礼します」と顔を覗かせた。ココア色の内巻き髪。マロングラッセみたいに大きな目とドレンチェリーを連想させる唇。目尻と口元にチョコチップのような特徴的ほくろ。なんてドルチェな……。

「……クッキー！」

出迎えたわたしは初対面の女性をまじまじと見て、失礼にも指さした。

「まあ。久しぶりにその名で呼ばれたわ」

「ファンです。デビューCDもアルバムも買いましたし、高校の文化祭では体育館の壇上で『ハッピーラッキークッキー』を踊りましたよ」

サビのフレーズを口ずさみながら腕を振り、スクウェアステップを踏むと、隣で本人も「懐かしいわ」とシンクロしはじめる。

クッキーは五年ほど前に星プロのドリームキャラバンでグランプリを獲得したアイドル歌手だが、デビュー曲がそこそこ売れただけであとは鳴かず飛ばず。いつの間にかテレビから消えてしまっていた。

「いやだ、すみません」

歌い踊るふたりの女を生温かく見守る四十男の視線にわたしよりも先に気づいたのは、クッキーだった。

「絶滅したと思っていたファンに会えて、つい嬉しくてはしゃいでしまいました。これ、ちょうど持ち歩いていたバルサパール取扱店のフライヤーです。VIP待遇するよう店長に連絡しておきますから、取材に行かれる際はわたしの名前を出してくださいね」

「これはご丁寧に。感謝いたします」

小さな宣伝チラシとともに名刺を受け取った推理作家は「おや」と紙片から目線をあげ、クッキーに微笑みかけた。

「九鬼と書いて『ココノギ』さんとお読みするのですね」

わたしは先生のうしろへ回り込んで『九鬼景子』と記された名刺を確認し、接待スタッフの間違いに呆《あき》れたが、クッキーは「無理もありません」と笑った。

「もとがクッキーなんて芸名ですしね。女優に転向する際、本名に変えたのですが、キャストの一番うしろに二〜三ミリ角で記された端役の名前にはふり仮名なんて付きませんから。どうせ今日で引退なので、目くじらを立てて訂正しようとも思いませんん」

「えっ、引退？　しかも今日ですか？」

「実家がこの近くなので、一旦帰ることにしました。五年前、夢を叶《かな》えて二万五千人の頂点に立った瞬間は正に『ハッピーラッキークッキー』でしたけど……現実は厳しいですね。鳥辺山にわたしの芸能活動を応援してくれていた祖母のお墓があって、これから散歩がてらお参りに行くつもりです。あなたのおかげで『最後にクッキーのファンに会えたよ！』って、おばあちゃんに嬉しい報告ができますよ。ありがとう」

夢を叶えて憧れの職業に就いても、そこでハッピーエンドにはならない。

ひとつの夢に区切りをつけて新しい世界へ向かう背中を見送り、わたしはしんみりとした気持ちになりながら、コーヒー二杯と生八ツ橋二皿をひとりで片づけたのだった。

3

昔、六道《ろくどう》の辻《つじ》から東は死者の世界とされていた。半九郎とお染がふたりの墓と定めて向かった『いかなる人も遂にゆく鳥辺の山』は、大谷本廟のうしろに連なる広大な墓地だ。

「……先生、ちょっと休憩しませんか?」

延々と続く坂道に、見渡す限り墓、墓、墓。じっくり眺めていたい景色でもないが、足が痛くてその場に座り込む。

「前の休憩から五分も経っていませんよ」

「五分は結構長いですよ。ここで三百秒数えてみましょう。いーち、にいーい……」

「いいえ。ダラダラ歩いて何度も休むと余計に疲れます。ほら、足を交互に前へ出す。まったく、都会っ子は軟弱でいけません」

「はあ。田舎のお年寄りは足腰が強くて羨ましいことです」

「……だれがお年寄りですか」

「とにかく、わたしはもう一歩も歩けません」

手を差し出すと、稀に見る勘違い四十男が「おんぶですか？」と目の前に屈《かが》む。違う。水筒を寄越せ。

わたしは担当作家大先生に持たせていた荷物を強奪した。

「あっ……」

鞄から水筒を抜き出した拍子に弛《ゆる》んでいた蓋が外れ、土手を転がり落ちていく。

まさかそれを「取りに行け」とまでは頼めず、しぶしぶ立ち上がって『おむすびころりん』のお爺《じい》さんさながら追いかける羽目になった。

水筒の蓋は土手を下り、墓標の並びとは少し外れた茂みを走って、障害物に当たってとまった。お参り用の木桶《きおけ》だ。側には木杓も落ちている。借りて墓参したあとは墓地管理所前の置き場に返すのが常識なのに、こんなところに投げ棄《す》てておくとは罰当たりな……。

水筒の蓋を拾いあげて腰を伸ばすと、低木の陰に靴先のようなものが見えた。木桶の借り主だろうかと覗き込んだわたしは、そこに並んで倒れている男女の姿を発見し、立ちすくんだ。

大声をあげようとするが、喉から音が出ない。

倒れているのは井波洋二とクッキーだった。ふたりの腹には果物ナイフが刺さっており、自らの手で柄を握っている。側には見覚えのある革カバーのついた最新型アイフォーン。洋二の腕に絡んでいるのはYを刻んだ『縁』のブレスレット。ペアのKはクッキーのものらしき手提げ鞄の持ち手に、バッグチャームとして吊るされている。

「西大谷墓地の中ほどで、腹にナイフを刺して倒れている男女を発見しました。女性にはまだ息があるように見受けられますので救護を急いでください。現場の様子からは一見、心中を図ったかのようですが、これは心中を偽装した殺人事件です。しかし、ご安心ください。犯人が誰かはすでにわかっているので、スピード解決のお手伝いをさせていただきますよ。え？　僕ですか？　ミステリ作家の夜光と申します。ええ。そうです……ミステリ界の帝王と呼ばれている夜光蛍一郎です」

確かにぼんやり突っ立っている場合ではない。わたしを追って土手を下り、事態に気づいて迅速な緊急連絡をしてくれたのはありがたいが……そんな一一〇番通報があるか。

どうせまたろくでもないヘッポコ推理を披露するつもりなのだろうと呆れて振り返ったら、青白い顔をしたポンコツ探偵は、力なく下草に膝をつき、そのまま横倒しにパタリ、と倒れた。

「オムライスしか食べないから倒れたりするんです。ケチャップは血の代わりにはなりませんよ」

「マオくん、それは食に対する偏見です。あれほど大量の血が流れ出れば、どんなにケチャップを摂取していようと、人間は誰でも倒れます。オムライスに罪はありません」

「その理屈、さっぱりわかりません。先生から血は一滴も流れ出ていませんからね」

墓石の陰にタオルハンカチを敷いて貧血作家を座らせ、少し離れた場所から聞こえてくる人々の声に耳を欹《そばだ》てていた。

警察が忙しく行き来する現場横には舞台関係者も駆けつけてきて、沈痛な面持ちで捜査員と話している。

「十五時半頃にスタッフがツイッターにこんな書き込みを見つけて……でも、まさかほんとうに自殺するなんて」

携帯電話の画面を見下ろし、花蓮はため息を吐いた。

洋二は幕間休憩中の十三時過ぎに姿を消してから行方がつかめなかったが、閉幕後に舞台関係のツイートを見ていたスタッフが『もうオマエの人生0401《オシマイ》だから。死ねばWWW』と洋二を叩く何者かの言葉のあとに、本人を名のる者から書き込みがされていることに気づいた。

『たくさんの方に死ねとご助言いただいたので仰るとおりにします。半九郎と同じく鳥辺山で可愛い子と人生を終えましょう。ご意見を書き込まれたみなさん、このつらい現《うつ》し世《よ》から去る決断をするにあたり、力強く背中を押してくださったご親切、あの世へ逝っても忘れません』

なりすましによるいたずらではないかとの憶測もあったが、念のために洋二を捜そうと、スタッフや役者が緊急招集され、ひとりでは捜しきれないとたすけを求めて連絡してきた和子とも合流して捜し回った。しかし、鳥辺山といっても広い。なかなか見つけられないうちに警察の捜査員がきたという。

捜索の間にスタッフの誰かがSNSに洋二失踪の状況を流したらしく、いま、ネット上には『死ねと言った奴が死ね』や『警察は書き込んだ奴らを特定して自殺教唆犯として逮捕すべき』などのコメントが溢《あふ》れているらしい。

「昨日の夜、酒に誘われました。ただ断るだけじゃなく、ぶん殴ってでもホテルに連れ戻していればこんなことにはならなかった……」

甲田健介は悔しそうに自らの額を叩く。

「いや。あの状態の洋二を放置していたわたしも悪い。匙《さじ》を投げずに厳しく指導して根性を叩きなおしてやるべきだった」

演出家は禁煙パイプを口から外し、じっと自分の手を見つめる。

「洋二……還《かえ》ってきて。生きてさえいてくれたら、どんな汚い手をつかってでも、わたしが挽回《ばんかい》するチャンスをもぎ取ってきてあげるから……」

マネージャーは草叢《くさむら》に突っ伏して号泣し、その身体を両側から支えるお花とお道は一様にばつの悪そうな顔をしている。

「昨日、あんな縁起でもないことを言わなきゃよかった……」

子どものようにしゃくりあげながら後悔の言葉を口にした胡桃は、こみ上げてくる嗚咽《おえつ》でそれ以上続けられなくなり、貴帆子に背中をさすられている。

「なるほど……大失態を犯して俳優としての未来を失い絶望した男と、夢破れて芸能界を引退した女。最後の舞台は『鳥辺山心中』ときたら、これはもう、絵に描いたような情死事件だわね。男性は死亡が確認されて残念だったけれど、女の子のほうだけでもたすかることを祈るばかりよ」

救急車に乗せられ搬送されていったふたりについて簡単に結論づけたのは、京都府警本部捜査一課の蘭堂すみれと名のった女警部だった。なんとこの方、山城南署の蘭堂警部のお姉さんだそうだ。

「……いけません。僕の黄金の脳細胞が導き出した犯人の名をすみれさんにお伝えして、警察の間違いを正さねば……」

わたしは立ちあがろうとするポンコツ探偵の肩を押し留《とど》めた。

「まずは探偵助手のわたしに犯人の名をお聞かせ願えませんか？」

「おや。マオくんにはまだわかりませんか」

「井波洋二がKのブレスレットを贈った相手はクッキーではない。それはわかります」

「金属アレルギーだからですか？　いいえ。九鬼《ここのぎ》さんですよ。そして、井波洋二を心中に見せかけて殺害した犯人も九鬼さんです」

「……さっぱりわかりません」

「あのブレスレットは、おそらく最初は花蓮さんに贈るつもりで用意したのでしょう。しかし、恋人の心はすでに離れていて、好色な彼は次のカノジョを物色していた。マオくんも下の名を聞かれたでしょう。誰でもいいからKの女に『縁』をくれてやろうと思っていたのです」

「だったらくれてやる相手は三日前好意的に話しかけてきたイニシャルKの胡桃さんでもよかったじゃないですか。きっと喜んで『縁』を受け取って、彼の新しいカノジョになったと思いますよ。それなのに暴言を吐いていじめたのはどうしてです？」

「そこは……彼にも譲れない好みというものがあったのではないでしょうか」

「はあ。それで、自分と同じく幕間休憩の間に劇場の外へ出てきたちょっと好みのクッキーをナンパしたら、金属アレルギーにも拘《かかわ》らず喜んで『縁』を受け取ったと？」

「ええ。金属アレルギーだからこそ、受け取ったブレスレットを腕につけずに鞄に吊るしたのですよ」

そして、大失態を犯して俳優としての未来を失い絶望した男と、夢破れて芸能界を引退した女は、揃いのブレスレットをつけ、手に手を取って鳥辺山へ。それだと、蘭堂すみれ警部が出した結論と寸分違《たが》わないではないか。

納得できないわたしの顰《しか》め面に笑みを返し、ポンコツ探偵は意気揚々とヘッポコ推理を展開し続ける。

「いいですか？　マオくん。九鬼さんは一世一代の賭けに出たのですよ。墓場の茂みでいいことをしようとでも言えば、井波はホイホイついてきたことでしょう。そこで油断したところをグサリ。相手は有名女優との熱愛で名の売れた稀に見る美男子。しかも、現在ネット上で絶賛叩かれ中の時の人です。そんな彼から『縁』のブレスレットをもらった可愛い子として心中し、自分だけが生き残ったら？」

「ハァ？　売名のための偽装心中って……そんな無茶苦茶な。クッキーはいま、生死の境を彷徨《さまよ》っているんですよ？」

「たとえ失敗して死んでも、誰も知らなかった『ココノギ、ケイコ』という自分の名が世間に大きく取りあげられるならば、本望だと思ったのではないでしょうか」

「失礼ですが……思うに、先生は少々注意力散漫でいらっしゃる」

「ほう。それはなにゆえに？」

わたしは鞄から名刺ケースを出し、クッキーから預かった紙片を差し出した。

「たとえば、苗字には気づいたのに、景子の上に『エイコ』とふり仮名があることに気づかないがゆえにです」

注意力散漫男はしばし固まったが、すぐに屁理屈《へりくつ》男と化して反撃に出た。

「それは大した問題ではありません。名を聞かれたのではなく、顔とパンフレットの字面だけは一致していた井波洋二に『ケイコちゃん』と呼ばれたのかもしれない。ほら、呼び間違えられても訂正はしないと言っていたでしょう。それに『ココノギ』でもKです。僕の推理は破綻していません」

そう……この男は否定されるほどに自分の意見の正当性を主張して頑なになるタイプ。戦法を変えてここで押さえねば。意気揚々と世間様にヘッポコ推理を披露されたら天下に名立たる推理の専門家・夜光蛍一郎先生の名に傷がつく。

「もちろん、先生の推理はまぶしく輝いています。すみれ警部には探偵助手であるわたしがお伝えしてきましょう。そんなに青白いお顔で無理をなさらず、ここで休んでいてください。大切な先生の身にもしものことがあったら、わたしも生きてはいけないのですから！」

ぽっ、と頬を染めて「うむ」と頷いた稀に見る勘違い四十男がどう解釈したかまでは責任を取れないが、嘘は言っていない。ドル箱作家にもしものことがあったら『ポアロ』は廃刊。王子書房は倒産。わたしは職を失い、編集者生命も終わってしまうのである。

4

至急蘭堂警部（弟）に連絡を取り、「姉さん、名探偵夜光蛍一郎先生の推理を無視してこのまま心中事件で済ませては、あとで警察の失態を責められ謝罪会見ですよ」……と、脅しの電話をかけてもらう。

「謝罪会見はイヤだわぁ。百合夫ちゃんがそこまで言うなら、夜光先生の推理を聞いてみようかしら」

すみれ警部は舞台関係者を集め、わたしに聴き取りをする時間をくれた。

「はじめにひとつ確認します。この中に、十三時過ぎに舞台衣装を着替えて南座を出ていかれてからあとの井波さんと接触した方はいらっしゃいますか？　いらっしゃらない……マネージャーさんもですか？」

「はい。赦《ゆる》してもらえなくても舞台が終わるまで正座していなさいと言っておいたのに、十四時頃にわたしが会議室から出てきたら洋二はいなくなっていて、連れ戻して謝罪させようと車で方々捜しているうちに心中予告のツイートに気づきました。とにかく鳥辺山へ向かい、大谷本廟の入口でみなさんと合流して洋二に呼びかけながら歩き回りましたけど、見つけられないままこんなことに……」

「そうですか。夜光先生の黄金の脳細胞が見出《みいだ》した犯人像は、井波さんを愛していたイニシャルKの人物なのです。どなたか、お心当たりのある方はいますか？」

「それは『クキ、ケイコ』さんではないのですか？」

花蓮が首を傾げる。

「ええ。それは『ココノギ、エイコ』さんではありません。彼女は祖母の墓参りにきて犯行現場を目撃し、巻き込まれただけです」

「誰ですか？　Kのイニシャルは結構いるわ。花蓮さんも、胡桃ちゃんも、健介くんもだし、役者以外にも演出家の司馬要《しばかなめ》先生に……」

考え込む貴帆子に「曽我さんもですね」と微笑み、わたしはひとつの名前を挙げた。

「では、仮にイニシャルKが花蓮さんだとしましょう」

「ちょっと待って！　まさか、わたしが疑われているの？」

「仮に、です。熱愛報道はひと月前で舞台の初顔合わせは三ヶ月前ですが、あなたは半年以上前から井波さんとおつきあいがありましたか？」

「おつきあいなんて一切ないわ。ひと月前の熱愛報道は、洋二くん主演分のチケットがなかなか売れなかったから、和子さんがうちの会社に頼んで話題づくりに仕組んだビジネススキャンダルなの」

「やはりそうでしたか。まあ、そもそも舞台本番中だった花蓮さんには不可能な犯行でしたね。では、仮のイニシャルKを変えましょう。いえ……もう、まどろっこしい仮話はやめましょうか」

わたしはお花とお道に挟まれて草叢に座る洋二のマネージャーに近づき、静かに告げた。

「ふたりを刺した犯人のイニシャルKは、あなたですよね？　浜田和子さん」

和子はのろのろと顔をあげ、泣き過ぎて腫れたまぶたを重そうに開いてわたしを見上げた。

「わたしが……なぜ？　洋二さえ生き還るなら、自分が死んでもいいとすら思っているのに。あの子はわたしのすべてなのに……あり得ない。今回の失態ぐらいで見放したりはしません。あの子は百年にひとりの逸材です。どんな汚い手をつかってでも、たとえわたしの命を懸けてでも、トップスターにするつもりでした」

「そう。あなたは命を懸けようとした。これは夜光先生の推測ですが、ここで井波さんと偽装心中するつもりだったのではないですか？　失態を『死ね』と罵る輩に反論せずに『死にます』と返せば、今度は『可哀想《かわいそう》だ』と庇《かば》って最初に罵った相手を『何様だ、おまえが死ね』と攻撃する輩が出てくる。いつの間にか時の人になり『がんばってやり直せ』と応援してくれる味方も大勢できる。現にいまそうなっています」

「そうね……そうだわ。だから洋二は利用されてしまったのかも知れない。九鬼さんでしたっけ？　忘れ去られて引退するしかない元アイドルが、売名行為の偽装心中を謀って起死回生の賭けに出たのでは？」

和子はポンコツ探偵とまったく同じ推理を展開したが、わたしは首を横に振ってため息を吐いた。

「この事件の犯人は、あなたでしかあり得ません」

「……どうして？」

「まず、九鬼さんは散歩がてらここへ向かいました。でも、井波さんは？　誰にも忘れ去られて引退した元アイドルはアーケード下を歩いていても平気でしょうが、大失態後の井波さんは南座の正面にでかでかとポスターを貼られた主役ですし、あの容姿です。昼の日中に写メひとつとられることなくどうやって鳥辺山まで？　後部座席の窓にスモークフィルムを貼ったマネージャー運転のバンでここまで来たとしか思えないのですが」

「タクシーに乗るぐらいのお金はジーンズのポケットに持っていたと思いますよ。先ほども申し上げましたとおり、わたしは洋二を見つけられなかったのです。そのことが悔やまれてなりません」

「あなたは先ほどから二度も自白なさっていますよ」

「仰る意味が……」

「あなただけは、着替えて出て行ってから亡くなるまでの井波さんに接触していなければおかしいからです。だって、今回の舞台には、厳しい規則があったでしょう？」

わたしが鞄から自分の携帯電話を取り出して掲げて見せると、集団のなかのひとりが「あっ！」と声をあげた。ヘアメイクの女性だ。

「そういえば、遅刻してきた井波さんを半九郎の衣装に着替えさせる際に、和子さんは彼のジーンズの腰から最新型のアイフォーンを抜いてご自身の鞄に入れました。革のケースが特徴的だったから、印象に残っています。井波さんは十三時過ぎに消えて、和子さんは十四時過ぎまで会議室にいたわけだから……」

「そうです。井波さんがツイッターに自殺予告をするのも、倒れている横にその特徴的な携帯電話が落ちているのも、おかしいですよね？」

「そうね……そうだわ。もう、どうあがいても詰みのようですね」

和子は乱れた髪をかきあげ、草叢に座り込んだまま話しはじめた。

「十四時過ぎに会議室を出て、洋二を捜しに行こうと駐車場へ行ったら、バンの車体横で蹲《うずくま》っていました。これで田舎へ帰って普通の生活に戻れる……なんて、情けないことを言っていましたね。夜光先生のご推察どおり、逆転のチャンスに偽装心中を思いついたわたしは、楽屋に戻って果物ナイフ二本を拝借してきてから洋二をバンの後部座席に押し込み、鳥辺山に移動しました。あの木の陰に座らせて、ちょっと手首に筋をつける程度でいいと手順を説明しましたけれど、洋二はうんとは言いませんでした。わたしのほうはね、ざっくり切ってほんとうに死ぬつもりでしたよ。だって、心中相手は死んだほうが、これからの洋二の背景がよりドラマチックになるでしょう？　だから、今生の別れに洋二をぎゅっ、と抱きしめてKのブレスレットのお礼を言いました。わたし、昨日が誕生日だったんです……わたしのものだと思うじゃないですか？」

どこか夢見るように、和子は視線を彷徨わせた。

「あまりに嬉しくて、受け取りに行った宝飾店からそのまま着けて帰ったくらいです。偽装心中などしないとダダをこねる洋二の腕を取って、ペアのYを着けてあげました。そうしたら彼、なんて言ったと思います？『それはオマエに買ったんじゃない。返せごうつくババァ』ですって」

「それで刺し殺したんですか？」

「そうです。だって、わたしは命を捧《ささ》げて愛しているのに、ひどいでしょう？　洋二を刺したあと、とりあえず心中だからわたしも死ななくちゃとナイフを持って刃先をじっ、と見つめていると、お墓参りの帰りらしい九鬼さんが『早まらないで！』って悲鳴をあげながら土手を駆け下りてきました。わたしのナイフを取り上げようとしてもみ合いになって、彼女のお腹《なか》に刺さって。倒れているふたりを見下ろしたら、とてもお似合いでした。洋二もババァと心中したと報じられるより嬉しいだろうと思ったから、きれいな『鳥辺山心中』になるよう体裁を整えて、洋二の携帯から自殺予告を流しました。でも、九鬼さんに『愛《いと》しい女』の役を譲るのは悔しくて『可愛い子』に文面を変えたり……どうでもいいことに気をとられていたから、致命的なミスに気づかなかったのね」

「ブレスレットを鞄に吊るしたのは、九鬼さんが金属アレルギーだと知っての工作ではなかったのですか？」

「ああ。そういえば、九鬼さんは金属アレルギーでしたか。そんなこと、すっかり失念していました。お名前は『ケイコ』さんだと思っていたから、揃いでつければ心中のアイテムにうってつけだったのですが『オマエに買ったんじゃない』と言われても、自分以外の女の腕にはどうしても『縁』というブランドのアクセサリーをはめたくなかっただけです。どうせ花蓮さんの気を引くために用意したプレゼントでしょうに意地になって……馬鹿ですね、わたし」

「ええ。すごく馬鹿ですね」

わたしの身も蓋もない同意に、周囲がギョッ、としたように息を呑《の》んだ。

「『縁』のブレスレットは注文から受取まで半年かかります。よって、花蓮さんのために用意したものではあり得ません。伝票を預かったのに、注文した日付に気づきませんでしたか？」

「半年前……じゃあ、やっぱりわたしのために？」

「あなたであってあなたではない和子さんにです。いまのあなたが半年前の和子さんと変わっていなければ、井波さんはブレスレットを返せとは言わなかったでしょう」

「わたしの愛は変わっていません！　むしろ、彼のためになら死ねると、強くなっているぐらいです。結局、心変わりしてしまったのは洋二だわ」

「あなたのお話をきいていると、まるで豹変《ひょうへん》した恋人に手ひどく裏切られた被害者の言い分でイライラしますね。でも、夜光先生が考えるには……井波さんは売れて天狗になっていたのではありません。自らの目標を見失い、精神状態が限界を超えて自暴自棄に陥っていらしたのでしょう。二人三脚でコツコツやってきたのに、先に豹変したのはあなたではありませんか？　ビジネススキャンダルで売り込む。スターにするためならどんな汚いことでもすると公言して憚らない。自らの命さえ差し出すと恩着せがましく迫って心中芝居をうつ……それは果たして愛でしょうか？　そんな恋人、誰だってドン引きです」

「あの……あたしもそう思います」

洋二を『イナズマ探偵』シリーズの中で殺そうとまで目論《もくろ》んでいた胡桃がおずおずと手を挙げた。

「『鳥辺山心中』の制作発表のあと、カメラの無いところで井波さんが大物女性脚本家にキスを強要されていましたよね……隣で和子さんも笑ってけしかけたでしょう？　あたし、楽屋前でそのときのことを持ち出して『脚本家もプロデューサーもスポンサーも井波さんの美貌にメロメロだから、月9の次は大河の話もすぐにきますよ、がんばって』って言ったんです。泣かされた悔しさばかり先に立って怨んでいたけど、いま思えば、先にあたしのほうが『枕営業で役を手に入れた』と侮辱したも同然だわ。井波さんに謝りたい……」

「……謝れなくしてごめんなさい。わたしも、洋二に謝りたい」

首を傾げて胡桃の話を聞いていた和子は、流れ落ちた化粧で縞《しま》模様になった頬に、新たな涙の筋を垂らした。

「刑事さん……わたしが犯人です。どうか重い罰を与えてください」

「井波洋二さん殺害並びに九鬼景子さん傷害致傷事件の犯人として、浜田和子を緊急逮捕！　ヤン坊、マー坊、任せたわ」

「合点承知の介！」

すみれ警部が指を鳴らすと、イケメン部下ふたりが風のように現れて上司に一礼し、和子を連行して行った。

「さすがは天下に名立たる推理の専門家！　百合夫ちゃんの言うとおり、鮮やかなお手並みだわぁ。おかげさまで記録的スピード解決よ。じゃ、探偵助手ちゃん、夜光先生によろしくねっ！」

ビシッ、と敬礼してから去っていくすみれ警部を見送るわたしのうしろで、お花とお道の感嘆の声があがった。

「すごいわ。雷紋閃太郎先生そのもの！」

「厳しい言葉で和子さんに電撃ショックを与えて目を覚まさせたあの瞬間は、近くにいたわたしもビリビリ感電しちゃったわ」

「そうそう。でも、電光石火の早業で犯人が誰かを突き止めたあとは、ハンバーグで充電しないと起きあがれないのよねぇ」

「そのあいだにズッコケだけどチャッカリの杏が推理を披露して、おいしいところを持っていっちゃうのよ」

「『イナズマ探偵の京都まるだし事件簿』は、ノンフィクションだったのね」

この現し世は、まったく実に納得いかん。

「ああ……失敗した。勿体無いモッタイナイ」

最新号の『ポアロ』を胸にがっくりとうな垂れていると、前方からにやけた顔が覗き込んできた。

「なにが失敗なものかね。大成功だよ、黒木くん。愛と復讐《ふくしゅう》の演劇公演が開幕し、セットの回転に消える役者と、奈落の闇に響く手鞠歌《てまりうた》。鳥辺山心中事件の陰に隠された驚愕《きょうがく》の真実をバルサパールの光沢が暴くロマンチックミステリー一挙三百枚！　余すところなく掲載したとも。どんなに分厚くなろうとも『ポアロ』はお値段据え置き税別六百円だ。そうかね、雑誌掲載だけでは勿体無いかね。さあ、すぐさま書籍化の準備をはじめようか」

わたしの机に顎をのせるな。

回転椅子を足で漕《こ》いで編集長の顔から遠ざかり、ひび割れた壁に後頭部を当てて虚空を見つめる。

「休憩時間ぐらい、ロマンチックな妄想に耽《ふけ》らせてくださいよ」

ああ。実に惜しい人を亡くした。

思えば、井波洋二は打算と虚構に満ちた芸能界に疲れ、地道なお勤めをしている一般女子にして下手なアイドルよりずっと可愛いわたしに淡い恋心を抱いてアプローチしてきた、硝子の如き繊細なハートを持つピュアな男だった。

もしも仮に、あの稀に見る美男子の傷ついた心を癒し、健全なデートを重ねる胸キュンなフツーの恋愛劇を繰り広げていたら……。

「いや……すごく気を遣って面倒くさいわ」

「気を遣わず面倒くさくない恋愛などないのだよ。妄想がダダ漏れているぞ、黒木くん」

「いいえ。この世界のどこかに、気を遣わず面倒くさくなくあさってな勘違いをせず注意力散漫ではなく屁理屈を言わずオムライス以外の食事も摂る、鋼鉄製のハートを持った稀に見る美男子が存在するはずです」

「高いのか低いのかよくわからん理想だな。まあがんばって捜したまえ。ところで、今回災難に遭った九鬼景子は、きみの友人だそうだね」

「友人というか、ファンです」

一命をとりとめたクッキーは『鳥辺山心中殺人事件』に巻き込まれた引退女優として瞬く間に話題沸騰。星プロに問い合わせが殺到し、即芸能界に復帰した。入院中のいまからもう、CM、TVドラマ、バラエティ番組など、各方面からオファーがきているらしい。

「人生、どう転ぶかわからんねえ」

編集長の言葉に、しみじみ頷く。

昼休憩の時間が過ぎ、編集部にザ・昭和ズが戻ってくると、今日も午後の編集会議のお時間である。

「次号はあっと驚くタメ五郎な本格トリックをインド人もびっくりする濃さで煮詰めた巻頭特集に、ズバーン、カキーン、と脳髄に抜けるサワーなショートショートを混ぜ込んで。目指すはやったぜベイビーな読後感だ」

相変わらずのざっくりとした会議内容を手帳にしたため、わたしはザ・昭和ズと一緒にビシッ、と敬礼した。

「アイアイサー!」

はみだし

敏腕編集者の京都案内②

京都で『南座』といえば、江戸時代から続く由緒正しき日本最古の劇場。でも、その向かいには明治25年まで『北座』劇場もあったとか。現在、「このあたり北座跡」の石碑と案内板が残る場所には、八ツ橋で有名な和菓子のお店や食事処などが入った商業ビルが建っています。５階には『北座ぎをん思いで博物館』があり、四条界隈の歴史が学べますよ。

ところで、夜光先生と一緒に歩いた鳥辺山（鳥辺野）一帯は、平安時代以前からの葬送地。当時は亡くなった人のご遺体をポイ、と投げ棄てておき、風葬・鳥葬にしていたと云うから、あの辺りは見渡す限り腐乱及び白骨死体の山だったわけで……目を閉じて古の景色を想像すると、実にホラーです。

第三話

恋路橋

弾けない楽器が哀歌《エレジー》を奏でる

人気作家の担当編集者としてすべき普通の仕事とは何ぞや？　と、あらためて問われると、明確な答えを返すのはきわめて難しい。

「そりゃあね、社会人なら残業や出張もあるのはわかるよ。でも、若い娘を人身御供さながら田舎に送り込んで風呂もない集会所で寝泊まりさせる会社なんて、非常識この上ないじゃないか」

ああ。まったく非常識な奴らだ。

わたしは目を閉じ、自分の眉間を揉みながら、担当作家と上司を呪った。

テーブルには京都府南山城地方の特産品がどっさり入ったダンボール箱。父の手に握り締められているのは推理作家・夜光蛍一郎こと、本名・鈴木一郎太からの手紙。あの血迷った四十男め。荷物なら王子書房編集部宛で送ってこい。わたしの両親に娘さんをお預かりするご挨拶だと？　いらんわ！　そして、編集長め。本人に断りもなく自宅の住所をおしえるとは何事か。

おかげで実に面倒くさい事態に陥っている。

「とにかく、また村の集会所へ出張に行くなんて反対だ」

「あらあ、いいじゃないパパ。お手紙によれば、真央のために集会所を増築して、お風呂をつけてくださったんでしょ？」

「馬鹿、問題は風呂のあるなしじゃない！」

「馬鹿？　誰が馬鹿ですって？　その言い方、トサカにくるわね。じゃあなにが問題なのよ」

「なにが問題かもわからんのか、馬鹿！」

目の前で両親の夫婦喧嘩まで勃発する始末だ。どうしてくれる。

「ふん、わからないわね。だって相手はお金持ちでイケメンで、手紙の文面からしても誠実そうないい人だわ。親のあたしたちに宛てて『お嬢さんなしでは生きていけない』とまで書いてくるくらいだもの。立派な方にこんなに愛されて、真央は幸せ者ね。最近は年の差婚も珍しくないし、顔の完成形態がわかっているほうが安心よ。パパなんて、若い頃は細面の男前だったのに、いまじゃカバみたいに四角い顔のおじさんになり果てて、まるで詐欺だもの。早まって学生結婚なんかして損しちゃった。あーあ。ママが代わりに真央の彼氏と付き合いたいくらいよ」

「詐欺？　損？　夜光蛍一郎と浮気したいだと？　この馬鹿！　バカバカバカ！」

「なによ、カバ！　カバカバカバ！」

「ストップ、ストーップ！」

わたしは席を立ち、罵り合うふたりの間に割って入った。

「お母さん、夜光先生は彼氏でもなければこれから付き合う予定も皆無。その手紙、正しくは『お嬢さん（の作るオムライス）なしでは生きていけない』なの。対象はわたしではなくあくまでもオムライス。オムライス目当てに求婚してくる男と結婚なんてあり得ない」

「あらあ、男性の胃袋をつかんで結婚するのは普通のことよ。パパのプロポーズも『毎朝きみの味噌汁《みそしる》が飲みたい』だったわ。ちょっと古風だけど、ママにはグッ、ときたの」

オムライスオンリーを朝昼晩におやつに夜食にと一生全力で食べ続けたいから嫁にこいという特殊で斬新過ぎる求婚には、ギョッ、とするしかないと思うが。

「まあ……夜光蛍一郎先生は敬愛する作家だし、鈴木一郎太さんとしても、人間的には信頼に値するいい人だけれど……とにかくね、わたしは大学を卒業して就職したばかりよ。結婚なんてずっと先の話。いまはまったく考えていないから」

娘の結婚に逸《はや》る母を窘《たしな》めたら、父が「そうだそうだ！」と拳を挙げた。

「真央はまだまだ子どもだぞ。こんな仕事からは外してもらって、女流作家の担当につかせてもらいなさい。なんなら、お父さんから会社に電話して頼んであげようか？」

わたしはズキズキと痛みはじめたこめかみを押さえ、今度は父に向き直る。

「お父さん、新人社員に仕事の選《よ》り好みなんかできないの。会社からお給料をもらっている以上、命じられた任務をこなすのみ。そこに担当作家に対する浮ついた気持ちなんて一切ないから、もっと娘を信用して頂戴」

「娘は信用できても、会社もこんなふざけた手紙を寄越してくる作家も信用ならん。心配だからこの際、パパも真央の出張について行こうかなあ。有給もたまっていることだし」

「冗談はよし夫くん……」

いや、しかし父なら本気でやりかねない。ここは一番有効な脅し文句で釘《くぎ》を刺しておかねば。

「お父さん、わたしの出張について来たりしたら、絶交だからね！」

1

バブル経済真っ只中に世界的建築家の設計により建設された京都府相楽《そうらく》郡南山城村のやまなみホールは、グランドピアノを連想させるメルヘンチックなフォルム。かつて国際音楽祭に招かれてこの渓谷の村を訪れた音楽家たちは、演奏中にふと、自分たちはお伽噺《とぎばなし》の世界に迷い込んでいて、観客は実は狐《きつね》や狸《たぬき》ではなかろうかと疑ったという。

一週間後に開催されるふるさとフェスティバルで夜光蛍一郎先生が文化講演会を行なうため、わたしはまたサポートにやってきた。

「それにしてもピアノ演奏とは。先生は多趣味でいらっしゃいますねえ」

「作家になるかピアニストになるかマジシャンになるか……職業選択に悩みました。マジシャンの道を選んでいたら、今頃はラスベガスで公演していたかもしれませんね」

「マジシャン？　いや……作家で正解だったと思いますよ」

もう、この特殊な男が何を言い出そうが驚くまい。

講演会の持ち時間は一時間半なのだが、そんなに喋《しゃべ》ることがないので一時間ぐらい得意のピアノでも弾いてごまかしたいとわがまま作家が言い出したので、次のプログラムで演奏会を行なう京洛《きょうらく》カルテットというグループの出番を増やし、セッションすることになった。今日の顔合わせから本番まで、ホールに他の予約がない午前中は毎日練習に励む予定である。

夜光蛍一郎ほどの人気作家に講演依頼をしたら相当な金額になるところを、ふるさとの催しだからと無償で引き受けてもらっている行政は、お好きにどうぞとマネージャー（訂正するのも面倒なのでそういうことにしてある）のわたしにホールの合鍵を預けている。

車を停めて駐車場側入口から入ると、エントランスのベンチにはもう、メンバーのひとりが座っていた。わたしと同年代の、すらりと足の長い美女だ。

「おはようございまーす。はじめまして。バイオリンの南条千果《なんじょうちか》です」

「夜光です。このたびはお世話になります」

「こちらこそ先生とご一緒させていただけて光栄です！　友達に自慢しちゃおうっと」

ほどなくして、チェロ奏者の灰谷浩《はいたにひろし》とビオラ奏者の灰谷育江《いくえ》も駐車場側入口から現れ、畳んでビニールに入れた傘とそれぞれの楽器ケースをベンチ横に置いて、人気作家との初対面の挨拶を交わした。ふたりは服装や持ち物の上質さから優雅な暮らしぶりが窺《うかが》える、三十代後半の夫婦だ。

「千果さんも、おはようさん。遅刻魔やのに、今日は珍しく早くに着いてはったのね」

育江が先に到着していた千果に声をかけた。

「いやだ、遅刻魔だなんて人聞きの悪いことを言わないでよ。鞍馬《くらま》からだと遠いから、ちゃんと余裕を持って家を出てきたんだから」

「うちも雨で視界が悪いと思うて早う出たのよ。中京《なかぎょう》から京田辺《きょうたなべ》に嫁いだときも田舎でびっくりしたけど、それ以上に山の中やさかい、途中でナビに騙されているのかと心配したわ。ちゃんと辿り着けてよろしおしたなあ？　浩さん」

「結局三十七分で着いたね。ナビは嘘を吐かないよ」

「あとは菊乃《きくの》さんだけね。京都駅からJRで来るって言っていたわ」

京洛フィルハーモニーに属するカルテットの残るメンバーは、バイオリン奏者の岩田《いわた》菊乃だ。

「岩田さんはご自宅から電車で来られるのですか？　でしたら、もう十分ほど後に加《か》茂《も》から一本来ますね。それに乗っておられなければ、次は一時間後になってしまいますが」

先生がロビーの時計を見上げて言った。

「ええっ？　一時間に一本しかないなんて。菊乃さんは遠回りになるからって遠慮したけど、やっぱり車で迎えに行って一緒に来ればよかったわ」

千果がため息をついたとき、駐車場側入口からバイオリンケースを抱えた女性が傘を畳んで入ってきた。

「おはようございます、皆さん。はじめまして、夜光先生」

「はじめまして、岩田さん」

「あら？　一時間に一本の電車はまだ駅に着いてへんのでしょう？　菊乃さん、どないして来はったの？」

育江に問われた菊乃は傘の水気を切ってビニール袋に入れながら「ああ、それは……」と微笑む。

「一本前の電車で来たんです。早く着き過ぎてしまったから、付近をぶらぶらと散策していました」

「こないな雨の中を？」

「ええ。雨にけぶる景色も素敵な村だから、楽しかったですよ。そういえば、夜光先生？　先刻、川の中を車が渡っていくのを見て驚いてしまいましたけど、水位ぎりぎりのところに欄干のない橋があるんですね」

「ああ、あれは『恋路橋《こいじばし》』です。この天候なら通行止めになっているはずですが、無理に通った車があったのでしょうか」

「恋路の橋だなんて素敵な名前！　なにか由来が？」

千果が弾んだ声をあげた。

「対岸に『恋志谷《こいしだに》さん』と呼ばれる小さな神社がありましてね。鎌倉《かまくら》時代末期、幕府から逃れて笠置山《かさぎやま》に身を寄せていた後醍醐天皇の身を案じ、病の身をおして伊勢《いせ》から駆けつけてきた女性がいたのですが、この地に辿り着いたときには天皇はもう発《た》ったあとで逢えず、女性は『恋しい、恋しい』と嘆きつつ、悲しみと旅の疲れから『自分のような恋の苦しみをのちの人々がせぬよう守り神になりたい』と遺言して自害してしまいます。その意に沿って祠《ほこら》を建て祀《まつ》ったのが恋志谷神社で、そこへ通じる恋路橋を歩いて渡ってお参りすると願い事がよく叶うと云われていますよ」

「悲しいけれどロマンチックなお話！　ねえ、あとで行こうよ、菊乃さん」

「晴れて水位が下がってからね」

「絶対よ！　あたし、恋志谷さんにお願いしたいことがあるの」

「残念ながらわたしには叶えてほしい恋の願いなんてないけれど、せっかくだからここに滞在している間にいろいろ観光しましょう。灰谷さんと育江さんもご一緒にいかが？」

「まったく、女性はそういう話が大好きだね。でも、そろそろホールに移動しませんか？　ほら、おまえも」

灰谷浩が移動を促し、妻にビオラのケースを差し出す。

「うちはあんまし行きとうおへんなあ。女は大抵、自分が悲しい目ぇに遭《お》うて亡《の》うなったら祟《たた》りますやんか。その恋志谷さんも信用ならん。夫婦で参って嫉妬されたらかなんものなあ？　浩さん」

育江は夫の腕に絡みつき、菊乃は「ごちそうさまです」と笑って肩を竦めた。

「ハイ、では皆様、ホールへ向かいます」

わたしがツアーコンダクターよろしく鍵を高く掲げて先導しようとしたところで、千果が駐車場側入口を指す。

「ねえ、待って菊乃さん。あの人って……」

指の方向を振り返った菊乃は、じっとこちらを見て立っている老紳士の姿を認めて

「いやだ」と顔を顰める。

「まだご質問がおありなら、すぐそこの村役場でお聞きになったら如何でしょう？　わたしに聞かれても余所者なのでわかりません！」

菊乃がいささか乱暴なしぐさでシッシッ、と手を振ると、その上品そうな老紳士は一礼して踵を反し、傘を開いて外へ出て行った。

「……いいの？」

「いいも悪いも、道を訊《き》かれただけの知らない人だもの」

「道を訊いたらえらい別嬪《べっぴん》さんやったから、お茶にでも誘いたいと思わはったんやわ。なにしろ菊乃さんは元祖『美人過ぎるバイオリニスト』やもの。美人過ぎるとへんな男はんにつきまとわれるさかい、四十にもなっていつまでも独り身でおらんと、早う、うちみたいに守ってくれる旦那さんを見つけよし。現役『美人過ぎるバイオリニスト』の千果さんも、そんな品の無いミニスカートで歩き回っていたら、しょうもないスケベ男に目ぇつけられてろくなことにならへんさかい、気ぃつけなあきまへんえ？」

夫と腕を組んだまま振り返った育江に年齢のことを言われた菊乃は、もう一度肩を竦めただけでなにも言わず、本日のコーディネートを貶《けな》された千果が「京洛フィル一のモテチェリストを射止めた朱雀《すざく》興産ご令嬢には、思い通りにならないことなんかひとつもないんでしょうねえ？　上から目線でいやな感じぃ。いくらやさしい恋志谷さんだって鼻について意地悪したくなるだろうから、やっぱり育江さんはお参りに行かないほうがいいわね」と、舌を出したのだった。

「僕のピアノ、どうでしたか？　マオくん」

さて今日の練習は終了だ……と、あくびをしたところで訊《たず》ねられ、わたしは口を閉じて顔を上げた。

はあ。たしかになかなかの腕前だが、だからどうだというのだ。ピアノを一曲弾いてくださるよりも原稿を一枚書いてくださったほうが、わたしはよほど感動する。だがまあ……これも仕事だ。ピアノも弾けるミステリ作家に感動したファンが、当日の物品販売で夜光蛍一郎サイン入り生写真付き『ポアロ』を大量購入してくださったら素晴らしい。そんな思いを返事に込めて、簡潔にまとめてみる。

「はあ。まあ……素晴らしいです」

各々楽器を片付けながら、カルテットの面々もピアノ弾き作家のヨイショに加わってきた。

「ほんま、素晴らしいこと。先生やったらプロでもやっていけはりますえ。なあ？

浩さん」

「そうだね。このまま先生をピアノに加えた京洛クインテットを結成したいくらいですよ」

「いやいや。そんなに持ち上げないでください。みなさんになかなか合わせられず申し訳なく思っていたもので、観客の立場のマオくんがどう感じたか、率直な意見を聞いてみたのです」

率直に言えばクラシックは眠い……という意見しか持ち合わせていなくて、それこそ申し訳ないことだ。

「ねえねえ。朝練《あされん》をしない？　鍵は黒木さんが預かっているんだから、開館時間前でも入れるんでしょ？　七時半に集合でどうかしら。あたし、すごく楽しくなってきちゃった。もっと練習したいわ。いいでしょ？」

「千果ちゃんったら。今回の演奏会に備えて貸別荘に泊まることに決めたときも『合宿だ！』ってはしゃいでいたわよね。でも、わたしたちはよくても、他の方たちは七時半だなんて無理よ」

菊乃は千果を窘めたが、灰谷夫妻はあっさりOKを出した。

「うちは別にかまへんえ？　いまは他の仕事も入れてへんさかいに。なあ？　浩さん」

「うん。ここまで通うのもそんなにかからないしね」

先生もすかさず手を挙げ、賛同の意を表する。

「僕は練習させていただけるとたいへんありがたいです」

わたしはたいへんありがたくないが、千果の「じゃあ、明朝から七時半集合に決まり！」という一声にこっくりと頷くしかなかった。

灰谷夫妻が先にいとまを告げて駐車場へ去るのを見送り、菊乃と千果とピアノ弾き作家とともに廊下へ出たわたしは、扉を施錠する前に忘れ物はないかともう一度ホール内を見回した。

すると、床に何か光るものがある。

「可愛いバイオリン。落とされました？」

ほんの四〜五センチほどと小さいが、精巧に作られたバイオリンのマスコットだ。

金色のボールチェーンごと拾いあげ、バイオリニストのふたりの前にかざす。

「あたしのはあるわ」

「いやだ、わたしです。見つけてくださってありがとう。ボールチェーンの留め具が弛んでいるみたいですね」

菊乃が気づいてバッグの持ち手に引っ掛け直し、指で留め具を押さえる。

「おふたりお揃いなんですね」

「先日、千果ちゃんから旅行のお土産《みやげ》にもらったばかりなんです」

色違いのバッグにお揃いのマスコット。年齢は離れているが、一緒に貸別荘を借りて『合宿』するふたりは、とても仲がいいようだ。

今度こそ扉を施錠して廊下を進み、四人で駐車場へ出ると、雨は止《や》んでいた。

千果の車で貸別荘近くのレストランへランチに向かうふたりと別れ、先生の車へ歩きかけたとき、紺色のスクーターが駐車場の出口を塞いでクラクションを鳴らした。

「ちょっと、どきなさいよ、そこのウジ虫！」

パワーウィンドーを全開にし、運転席から半身を乗り出した千果が、ドクロのステッカーを貼ったスクーターのライダーに激しい言葉をぶつける。

「いい加減に機嫌直せよ、千果。あの女とは切れたって言ったじゃんか。マジで愛してるのはおまえだけなんだって。なあ、信じてくれよ。絶対、もう二度と、死んだって浮気なんかしねえからさあ」

「絶対、もう二度と、死んだって信じてやるもんか。あんたとはとっくに切れたの。あたしにはもう、お付き合いしている好きな人がいるんだから、これ以上つきまとわないで！」

話の内容からして、どうやらスクーター男は千果の元カレのようだ。

「好きな男って誰だよ。そいつをブッ殺してやる。千果は誰にも渡さねえ！」

「あんたが死ねば？　いまここでスクーターごとスクラップにしてやろうか？　この、クズ！」

「やめなさい、千果ちゃん！」

助手席の菊乃が悲鳴をあげ、アクセルを踏み込もうとする千果を必死で止めている。

これはただ事ではない。わたしと先生は慌てて千果の車に走り寄りながら、大声でスクーター男に警告する。

「きみ、ストーキングは犯罪行為です！」

「警察を呼びますよ！」

警察という言葉に反応したのか、スクーター男はこちらを振り返りながらも走り去った。

「いやだ、恥ずかしいところを見られちゃった。菊乃さんも、怖い思いをさせてごめんね」

「本気で轢《ひ》き殺す気かと……」

菊乃は座席に凭《もた》れ、大きく息を吐く。

「警察に相談したほうがよくないですか？」

わたしが窓の中を覗き込んで訊ねると、千果は肩を竦めて笑った。

「口ばっかりでなにもできないヘタレだから、大丈夫。仕事もしないでこんなところまで追いかけてきてほんとうにバカ。あーあ。せっかくの楽しい合宿なのに、あいつのせいでケチがついちゃった。今カレに逢って気持ちをリセットしたいなあ……」

ケロリとした様子でつぶやいた千果は「それじゃ」と手を振ってウィンカーを出し、駐車場から車を発進させたのだった。

2

翌朝。眠い目を擦りながら朝食の準備を整え先生の家を訪ねると、準備万端のピアノ弾き作家は食卓の上に紙鍵盤を広げて練習中だった。これくらい熱心に執筆してほしいものだ。

「朝食のオムライスとトマトスープです」

ひとまず紙鍵盤を退《ど》けて皿を並べ、わたしは向かいの席でスープだけをいただくが、スプーンを自分の口に運ぶまでの間にも舟を漕いでしまう。

「シャキッと起きてくださいよ、マオくん」

「はあ。お年寄りはシャキッと早起きできてご立派なことです」

「……だれがお年寄りですか」

「とにかく、わたしは眠いんです。でも大丈夫。現代っ子は合理的なので、ながら作業はお手のものです。寝ながら食事も寝ながら皿洗いもお任せください」

うとうとしながら流しに運んだ食器を洗って拭き、鞄を肩にかけて「では出発いたしましょう」と廊下を進んで靴を履いたら、後ろから出てきた先生が下駄箱の上のキーケースを取り上げてため息を吐いた。

「まったく、危なくて運転など任せられませんね。ホールに着くまで後部座席で寝ていてください」

「では、お言葉に甘えまくりまして……」

わたしは素直に後部座席に乗り込み、ぽてり、と横になった。

ほんの数分で着いてしまったが、少しはすっきりした気持ちで伸びをして施設に入り、エントランスで待っていると、ほどなくして灰谷夫妻が到着した。しかし、約束の集合時間を過ぎても千果と菊乃は現れない。

「うちかて早起きは苦手です。眠とうて頭が重いけど浩さんに起こしてもろうて、やっときたんえ。せやのに、言い出しっぺがこれやもの。ほんまにかなん遅刻魔や。遅れるのやったら電話くらいしてきはったらええのに、失礼やわあ」

まったくだ。

「どうしたんだろうね。こちらから電話してみたら?」

夫に促され、育江は携帯電話を操作する。

「千果さんの電話、繋《つな》がらへん。ほな、菊乃さん……と思うたら、こっちはなんぼコールしても出はらへんで留守電の案内になるわ。どないする?」

「昨日はふたりで長夜話でもしていて、まだ寝ているのかもね」

「千果さんはともかく、菊乃さんはええ年やのに、同じように子どもであきれますわ。ほな、うちらで叩き起こして連れてきましょ。貸別荘は野殿《のどの》から童仙房《どうせんぼう》方面へ向かう道にあると住所も聞いているし……ナビに入れたらすぐわかるわねえ? 浩さん」

「そうだね、迎えに行こうか。先生と黒木さんは先にホールで待っていてくださいますか」

「いえ、僕たちも行きましょう。それで、皆さんさえよろしければ、いっそ今日は練習をとりやめて観光の日にしませんか? 童仙房高原はいいところですよ。眠気覚ましにアントシアニンたっぷりのおいしいブルーベリージュースを飲みましょう」

たしかに、このまま灰谷夫妻に引っ立てられてきた遅刻組と練習をはじめても、雰囲気が悪くて気まずいばかりだろう。

「うちは嬉しいですけど、よろしいの？」

「天気も晴れたことですし、せっかく村にきてくださったのだから、ご案内させていただきたいと思っていたのですよ」

人気作家引率の村観光を提案されて気分の浮上したらしい育江から貸別荘の住所メモを受け取り、先生は一行を駐車場へと促す。

たまには四十男らしい大人の気遣いもできるじゃないかと見直して助手席に乗り、村民作家運転の車先導で灰谷夫妻と貸別荘へ向かった。

山中の道にぽつんと建つログハウスに辿り着き、表の空き地に二台の車を停めて降り立ったわたしたちが目にしたのは、千果の車だ。この車以外に足のないふたりはまだ中にいることになる。

しかし、玄関の呼び鈴を押してもドアを叩いても応答がないので、中の様子が覗ける窓がないか探すことにした。万が一あられもない格好で寝ていた場合、男性陣に見られることになっては気の毒だという配慮から、わたしと育江で裏へ回ることにする。

ウッドデッキに通じる硝子戸から覗いた室内のローテーブルには、菓子の袋や飲み物の瓶、缶、紙コップなどが並んでいるのが見え、横向きに置かれた長椅子の肘掛部分に乗っている足の裏が確認できた。

「ちょっと、起きよし！」

育江が音を立てて硝子戸をゆすると、そこは鍵が掛かっていなかったらしく、思いがけず十センチほど滑り開いた。

「鍵も掛けんとようグウスカ眠れることや。これ、菊乃さん！」

部屋に踏み込んだ育江に揺り起こされた菊乃は、うるさそうに眉根を寄せて「うーん」と呻《うめ》いたのち、やっと目覚めて半身を起こす。

「あら、どうして育江さんが？　いま何時……えっ、嘘でしょう？」

「嘘やあらへん、ほんまです。とにかくさっさとパジャマを着替えよし。玄関前に夜光先生とうちのひとを待たせたままなんやからね。ほんで、千果さんはどこで寝てはるの？」

「……え？　千果ちゃんもその辺りに……」

慌ててジーンズを穿《は》き、被《かぶ》ったトレーナーから頭を出した菊乃は部屋を見回すが、千果の姿はどこにも見当たらない。

「黒木さん……そこ、開いていました？」

硝子戸に手をかけたまま外に立っていたわたしは「はい」と頷いた。

「ベランダ履きが一足しかない……ということは、千果ちゃんはウッドデッキで一服するためにここから外へ出て、そのあと散歩でもしているのでしょうか？」

「自分が言い出した朝練の集合時間が過ぎているのに電話もせんと散歩？　それはどないな了見え？」

育江が目を三角にして詰《なじ》る。

「いえ、どういうことかはさっぱりわかりませんが、千果ちゃんはわたしに気を遣って室内ではタバコを吸わなかったので、そうかな？　と思っただけです。とにかく、寝坊をしたことは、ほんとうに申し訳なく思っています。すみません。玄関、開けてきますね」

菊乃は深く頭を下げ、先生と灰谷浩のために玄関ドアの鍵を開けに行こうとする。

「……あ、もうこちらから」

砂利《じゃり》を踏む音に振り返ると、裏手に回ってきた男たちの姿が見えた。痺れを切らせたのかと思ったらそうではないらしい。先生と灰谷浩は後ろに数人引き連れており、その中のひとりとわたしは面識があった。

「……蘭堂警部？」

厳しい面持ちで現れた人々は、山城南警察署の捜査員だったのである。

「渓谷で朝釣りをしていた男性から、木津川《きづがわ》べりで男女の溺死体を発見したと通報がありました。この貸別荘の名称と電話番号が記された履物の片方が上流の恋路橋に落ちていたことから、女性はそこから川に転落して流されたものと思われます。近くに流れついた所持品らしきバッグの中味から身元を調べましたところ、京都市左京《さきょう》区在住、京洛フィルハーモニー所属で昨日から貸別荘に宿泊しておられるはずの南条千果さんと判明したため、こちらに伺いに参った次第ですが……まさか先輩がいらっしゃるとは」

蘭堂警部は硝子戸の前に立ち、テーブルを囲んだ面々を見回した。

「南条千果さんが亡くなったのは、深夜から明け方にかけての間と思われます。岩田菊乃さん、あなたは南条さんと一緒にここで宿泊していたと仰いましたね？　昨晩どう過ごされていたかを詳しくお聞かせ願えませんか？」

「は、はい。千果ちゃんがパジャマパーティーをしようと言って、十時頃からここで飲み食いを。わたしも最初は缶チューハイを飲みましたが、普段飲みつけないので一本で苦しくなってしまい、あとはジュースを一杯だけ。だから、酒類の空き容器は全部千果ちゃんが飲んだものです。今日は早朝から皆さんとお約束があったので、すぐにお開きにして寝るつもりでしたが、なんだかんだと過ごして……彼女、かなり酔っ払っていましたね。でも、とってもはしゃいで、陽気な酔い方でしたよ。そういえば、恋志谷さんの話もしていました。わたしが覚えているのは深夜0時ぐらいまでです。激しい睡魔に襲われて長椅子に横になり、ついさっき、施錠されていたはずの硝子戸から入ってきた育江さんに起こされるまで眠り込んでいました。起きたら千果ちゃんはいなくて、ベランダ履きが一足なくなっていて……なにがなにやら」

菊乃は頭を抱えた。

「では、南条さんは深夜0時以降に寝間着のまま、この硝子戸から、ご自身の意思で出て行ったということですか。しかし、ここから恋路橋までは六キロほどと、かなりの距離です。深夜にベランダ履きで歩いて行ったとは考え難い。誰かに呼び出されたり、逆に呼び出したりということはありませんでしたか？」

「呼び出しかどうかはわかりませんが、メールはありました。最初は元カレからだったらしく、アドレスを変えたのにどこから調べたのかと、とても怒っていました。何度もやりとりしているので、返信しなきゃいいのにと言ったら『これは違う人』と笑っていましたが、その相手が誰かは聞いていません。あの……男女の溺死体と仰いましたよね？」

「ええ。男性のご遺体は小久保大輔《こくぼだいすけ》さん。南条さんと同じく左京区在住で、現在無職。恋路橋付近で横倒しになっている彼のスクーターが発見され、橋の手前にはゴム草履が一足落ちていました」

「スクーター！　それは、紺色でサイドカバーの部分にドクロのステッカーを貼った？」

「ええ。お心あたりが？」

「その人、千果ちゃんの元カレです。昨日の午後、やまなみホールの駐車場を出るところで車の前に現れて、トラブルになりました」

「それは僕とマオくんも目撃しましたよ」

先生が手を挙げ、わたしも蘭堂警部に「見ました」と頷く。

「そういえばあの人、千果ちゃんに『殺してやる』と言っていましたよね？　ああ、こんなことになるなら、やっぱりすぐ警察にストーカー被害を相談しておくべきでした」

涙声で嘆く菊乃に、蘭堂警部は「なるほど。復縁を断られての無理心中によるストーカー殺人の疑いが濃厚……というわけですな」と、自らの顎をさする。

「いいえ」

わたしの隣に座っていた四十男がすっくと立ち上がり、大仰に腕を組んだ。

ああ……いやな予感しかしない。

「スクーターの彼は南条千果さんを殺すとは言っていません。千果さんが現在お付き合いをされている好きな人を『ブッ殺す』と言ったのです。とはいえ、この世には、自分の好きな対象を誰にも奪われないためにはもはや殺すしかないと思い詰める、自己中にして短絡的な欠陥思考回路の有害生物が思いのほか生息していることも事実ですので、ストーカー殺人である可能性も否めません。しかし、あることが僕の黄金の脳細胞にどうしても引っかかるのですよ」

「なにが引っかかるのです？　先輩！」

まなざしに信頼を込めて問う蘭堂警部にゆっくりと頷き、天下に名立たる推理の専門家・夜光蛍一郎先生は不敵に微笑む。

「蘭堂くん、まずは遺体発見現場の状況などを詳しくおしえてください。僕の推理を一点の曇りもなく磨き上げたうえで、皆さんにご披露しようではありませんか」

「わかりました先輩。では、こちらへ」

当たり前のように捜査情報を求める推理作家に、当たり前のように捜査情報を垂れ流す警部。そんなふたりのあとを追って、探偵助手のわたしもあたりまえのようについて行ったのだった。

3

「流されている間にできた裂傷以外にこれといった暴行の痕や致命傷はありません。死因は双方溺死です」

貸別荘の前に停まる警察車両横で、ジャンパーを着た職員の操作するタブレット端末を見せてもらった。

裸足《はだし》のふたりは並べて横たえられている。千果はネグリジェの上にグレーのパーカー姿。スクーター男は昨日昼間に見た服装のままだ。色のない横顔には濡《ぬ》れ髪が貼りつき、砂利に塗《まみ》れ、痛ましい。

「どちらもまだ若いのに」

恋路橋の上に残されたベランダ履きの片方、横倒しのスクーター、橋の手前に落ちていたゴム草履……次々と画面に表示される写真を見下ろし、蘭堂警部がふたりの死を嘆いた。

「これは、千果さんの鞄ですか？」

先生がタブレットを指すと、その部分が拡大されて鞄が大写しになる。

「入っていた物のほとんどがバラバラに流れたようで、内ポケットのタバコ入れと免許証ぐらいしか残っていません。前後の状況を知る上で重要な手がかりとなる彼女の携帯電話を回収できていないのが痛いですね。小久保氏のものは発見しましたが、水没によりデータが消失しており、現在復元作業中ですし」

「ボールチェーンとその先についたバイオリンのマスコットは外れずに残っていますね」

流れている間にボールチェーンが回ったらしく、鞄の内布に小さなバイオリンが引っ掛かっているのが見える。

先生の指摘に、タブレットを操作していた職員が「楽器……」とつぶやきながら、忙しく画面をめくった。

「女性の手にも似たものが握られていました。ご遺体の手をすこし開いて撮った写真がこちらです」

画面上にアップで出されたのは千果の右手だ。壊れた小さな楽器をのせたその手は傷つき、小石や短い針金のようなゴミがめり込んでいる。

「じゃあ、これは菊乃さんのマスコット？　どうして千果さんが握って亡くなっているのかしら……不可解ですよね？　先生」

するとわたしの肩口から画面を覗き込んでいた四十男が「フッフッフッ」と不気味な笑い声をあげた。

「僕の黄金の脳細胞がいま、閃光を放ちましたよ！」

と、言ったときほどヘッポコ推理を展開してくれるのがこのポンコツ探偵だ。

「して、そのココロは？」

「これは千果さんが遺したダイイングメッセージです。さあ、部屋へ戻ってこの楽器を奏でる者の名を告げ、皆さんの前で華々しく僕の推理を披露しようではありませんか」

「なんという千里眼！　先輩のご協力のおかげでまたも光速解決ですね。これは姉の担当した鳥辺山事件を解決してくださったときのスピード記録を塗りかえますよ」

オイオイ、なんの競技だ？

「ちょいとお待ちを！」

警察の信奉者を引き連れ意気揚々と裏手の部屋へ戻ろうとするポンコツ探偵の腕に

縋《すが》り、わたしは上目遣いで小首を傾げて見せた。

「不肖の探偵助手のちっぽけな灰色の脳細胞には、やっぱりさっぱり繋がりません。ここはひとつ、記録の更新よりも後進の指導のために先生の名推理を誰よりも先に助手のわたしにだけ、手取り足取りゆっくりとっくりおしえてください……この密室で」

天下に名立たる推理の専門家・夜光蛍一郎先生の名に傷をつける前に。

わたしは預かっているインテリジェントキーを押し、先生の車のドアを開けて「さあさあどうぞ」と危険思想の持ち主を後部座席に押し込んだのだった。

「先生、ご遺体がバイオリンのマスコットを握っていたからって、菊乃さんが犯人だと決めつけるのは、ちょっと早計だと思いませんか？　恋路橋までは遠いし、菊乃さんには足がないわけです。ふたりして寝間着にサンダル履きのまま徒歩で行って、犯行後に菊乃さんだけが徒歩で帰ったとしてもですね、小久保氏まで始末するのは、女性ひとりではとても無理かと。動機も思いつきませんし」

「では、マオくんはどう考えます？」

「やはりストーカー殺人に遭ってしまったのかな、と」

「マスコットの謎は？」

「外へ出たときに貸別荘の周辺に落ちているのを見つけて、拾っておいてあげたのでしょう。ほら、菊乃さんのは、ボールチェーンの金具が弛んでいましたから」

「いいですか？　マオくん。千果さんは寝間着の上にパーカーを羽織り、夜中に硝子戸を開けてベランダ履きで外へ出ました。これがストーカー化している別れた恋人に呼び出された女性がとる行動でしょうか」

「呼び出されてどこかへ行こうとしていたと考えるから不自然に思えるだけでは？　ウッドデッキでタバコを吸いながらメールの相手と通話でもしようとしたところを、ストーキングしていた小久保氏に拉致されたという可能性もあるじゃないですか」

「さて、そうなるとやはりマスコットの謎が残ります。千果さんは鞄を持っていたのだから、マスコットを拾ったならずっと握りしめていないでそこへ入れておくと思いませんか？」

「うっ……それは確かに」

　わたしとしたことが。

「拾った瞬間に拉致されたと考えたとしても、千果さんのご遺体には殴られたり縛られたりした形跡はないわけです。いくら酔っていたとはいえ、暴れも騒ぎもせず、無抵抗のまま、マスコットと鞄を手にスクーターの後ろに乗って、しかもなぜ恋路橋へ？」

「千果さんは恋志谷神社のお話にとても興味をお持ちのようでしたが……」

「では小久保氏と復縁する気があったのでしょうか？　いや、ならば無理心中する必要はなくなります」

「……ですね」

「先ほど、僕は言いましたよね？　あることが引っかかる……と」

「なにが引っかかるのです？　先生！」

いかん。昨夜読書に没頭してしまい睡眠時間が足りていないせいか、隣の四十男が頼もしく見えてきた。我ながら、蘭堂警部化してきている。

「菊乃さんがいちばんはじめに吐いた嘘です」

「嘘……と、仰いますと？」

「僕の注意力を甘く見てはいけませんよ、マオくん。やまなみホールの駐車場側入口から入ってきた彼女は、一本前の電車で到着し、付近を散策していたと言いましたね。しかし、一時間も雨の中を歩いていたにしては、彼女の傘は濡れていなかった……車を降りてから建物内へ入る間だけ差したのであろう灰谷夫妻の傘と同程度にしか」

「ええ、ええ。先生の注意力が散漫だなどと言う輩の目は節穴ですね。すると、菊乃さんは車で来たと?」

「思い出してみてください。あのあと、千果さんがこちらを見て立っている老紳士に気づいて、菊乃さんに声をかけました」

わたしはそのシーンを脳裏に蘇らせる。

たしかに千果は菊乃を限定して呼び止めた。通りすがりに道を訊かれたというのは嘘で、老紳士は菊乃に関いいのかと確認した。それに、邪険な態度で追い払ったら、係する人物であり、千果はそれを知っていた……ともとれる。

「あの上品そうな老紳士は菊乃さんの秘密のパトロンで、その車に乗ってきたというわけですか?」

「しかも、かなりの束縛系パトロンと推察されます。カルテットには既婚者とはいえ灰谷さんという男性がいる。そして僕も加わる。だから心配でたまらず、わざわざ車を降りてどんな男たちかを見にきた。おそらく、パトロンもこの近辺に宿をとって滞在しているのではないでしょうか」

「菊乃さんがパトロンと共謀して千果さんを殺害したと?」

「故意だったのか事故だったのかはわかりません。ただ、恋路橋の上で菊乃さんの鞄からバイオリンのマスコットが引きちぎれるようななにかがあったことは間違いない」

「つまり、こうですね？　深夜、酔ってはしゃいだ千果さんがいまから飲酒運転してでも恋志谷神社へ行くと言い出してきかず、困り果てた菊乃さんがパトロンを呼んだ。そして車で恋路橋まで来て、歩いて渡ろうと車を降りる。橋の途中で口論して突き飛ばしたのか事故かわからないけれど千果さんが川に落ちて流された。落ちる際、咄嗟に菊乃さんにつかまろうと手を伸ばし、マスコットが手の中に。事故ならすぐに通報してたすけを呼ぶべきだけれど、騒ぎになるのはおそらく既婚者であろうパトロンにとって非常にまずいので、その場から逃げようとしたら、千果さんをストーキングしていた小久保氏に現場を目撃されていることに気づき、ふたりがかりで彼も川へ突き落とした……と」

「菊乃さんの鞄からマスコットがなくなっていることを確認したらチェックメイトです。さあ、マオくん。満を持して、名探偵夜光蛍一郎の登場ですよ！」

これといって推理に齟齬《そご》を見出せなかったわたしは、黙ってハリキリ探偵の後ろをついて行った。

今日の四十男は一味違う……かも知れない。

「ええ。また落としたみたいです。千果ちゃんの車の中を探してもなかったし、あとは昨日ランチに入ったレストランぐらいしか思い当たらないんですけど、田舎のお店ってびっくりするくらい閉店が早いんですね。夕方六時にはもう電話が繋がらなくて。今日改めて訊ねてみようと思っていたんです。開店時間にはまだ早いけど、繋がるかしら……」

4

ウッドデッキのテーブルセットで一服していた灰谷夫妻を呼び戻し、部屋に集合してまず確認したところ、菊乃はやはりバイオリンのマスコットをなくしていた。

これで決まりか。

「先生、楽器のマスコットやなんていま、どうでもよろしいやないですか。戻ってきたら推理を披露するやなんて勿体つけはって……」

「これ、育江。夜光先生は作家でいらっしゃって、刑事や探偵ではないんだから」

「いいえ。これから名探偵夜光蛍一郎先生が、千果さんの身に起こった真実を語られます」

わたしは上座のソファに腰を下ろしたハリキリ探偵の後ろに控え、推理披露の初口上を待った。

「えー、ただいまのー、協議についてご説明申し上ゲホッ、ゴホッ」

まったく、しまらない男だ。

大いにズッコケつつ、声を裏返らせて咳き込むハリキリ過ぎ探偵の背中をさすってやる。

「ケホケホ……す、水分を」

「あのう、これでよろしかったら」

菊乃が新しい紙コップにテーブルのブルーベリージュースを注いで差し出し、受け取ったハリキリ過ぎ探偵はそれを一気に飲み干して「ふう……」とソファに凭れた。

「今回の事件には、秘密の恋人の存在が大きく関与していま……スー……」

「……先生？」

「…………」

あまりにも間が長いので痺れを切らして肩を揺すったが、返事がない。完全に昏睡《こんすい》している。

わたしはキョトン、とした表情で首を傾げている菊乃を見、それからテーブルのジュース瓶を見た。

「菊乃さんは昨夜、このブルーベリージュースを飲まれましたか?」

「え? はい。チューハイのあと、なにも飲まずにいたら千果ちゃんが冷蔵庫から出してきてくれて……」

「深夜0時ごろにそれを飲んだら急激な眠気に襲われた?」

「そういえば……その頃ですね」

「蘭堂警部、このブルーベリージュースを調べてください。おそらく、睡眠薬が混入されています」

「なんと! 先輩はご自身の身体で確認を?」

蘭堂警部の指示により、捜査員が慌しく瓶を回収していく。

わたしは昏睡探偵の座るソファの肘掛に腰を下ろし、京洛カルテットの三人を見回した。

「睡眠薬? どないなってますのん?」

さて、どないなってますのやら。

途方に暮れて、スヤスヤと寝こけている昏睡探偵を振り返る。

いい気なものですな、オイ。

頬をつねってやりたい衝動を堪《こら》えていると、ショップカードを手にレストランへ電話をかけているらしき菊乃の声が耳に入ってくる。

「開店前のお忙しいときにすみません。そうです、小さなバイオリンの……え？　ありましたか？　よかった！」

オイオイオイオイ。

「夜光先生は推理を披露するとかいうて寝てしまいはったけど、なんやようわからんわ……つまり、千果さんは昨夜、こっそり誰かに会うためにわざわざ睡眠薬を盛って菊乃さんを眠らせたということ？」

育江が昏睡探偵の寝顔を眺めながら、呆れ声でわたしに問う。

「そういうことになりますことを、いま、うちの名探偵が証明して見せたわけです。もちろんその誰かが誰かもすでにお見通しですが……ここでアタックチャレンジ！　ちなみに皆さんは、誰だとお思いになられます？」

わたしは苦し紛れにクイズ形式をとって聞いてみた。

育江は「誰やと思わはる？　浩さん」と隣の夫を見る。

「さあ。でも、ネグリジェにベランダ履きのままで会っていたぐらいだから、相手は女性かも知れないね」

「うちは男はんやと思う。夜光先生が『秘密の恋人が関与している』と言わはったもん。恋人とやったらあられもない格好で逢引きしても不自然やないわ。菊乃さんはどない思わはる？」

「わたしはやっぱり一緒に亡くなった元カレを呼び出したと思えてきました。ほんとうは今カレなんていなくて、千果ちゃんの中ではまだ小久保さんが『秘密の恋人』だったんじゃないかと。どこまで本気で謝って諦めずに自分を取り戻しにくるのか誠意を試していて、赦すことにして会ったけど、やっぱりけんかになって、むしろ千果ちゃんのほうが彼を道連れに川へ飛び込んだのかも知れません。気性の激しい子だったから」

「なるほど、ナルホド」

わたしは三人それぞれの意見に頷き、蘭堂警部を見上げた。

「一枚だけ、皆さんに写真を見ていただいていいですか？」

「どの写真でしょう？」

蘭堂警部はタブレットを持った職員を手招きし、確認をとる。

わたしが示した一枚だけならまあいいでしょうとＯＫが出て、タブレットの画面が三人の前に置かれた。開いた千果の右手がアップになった写真だ。

「千果さんはこれを握りしめて亡くなっていました」

「バイオリンのマスコット？　千果ちゃんのものですか？」

「いいえ。千果さんのマスコットは発見された鞄についたままでした」

「でも、わたしのマスコットはレストランで見つかって、預かってもらっていますよ？　じゃあ、同じものがもうひとつあったということですか？　これはほんとうにバイオリンですか？」

「音楽家の目で確認してください。これはほんとうにバイオリンですか？」

　わたしの質問に答えたのは育江だ。

「せやかて、楽器自体がえらい潰れて、顎当ての部分もとれてしもうていますやん。こない小さいマスコットになったら、バイオリンもビオラもわかりませんわ」

「ええ。わたしのような素人《しろうと》には、似たような大きさでどちらにも顎当てがついているバイオリンとビオラは、実物でも区別がつきません。灰谷浩さんのチェロとなら、大きさの違いで一目瞭然ですけどね」

「ああ……せやね。これはミニチュアマスコットやから、どれも同じ大きさで作られているのかも。顎当てはとれたんやなく最初からなかったとして、手のひらに刺さっている短い針金のようなこれが楽器から外れた一部分やとしたら……」

「……チェロやコントラバスのエンドピン？」

育江と菊乃がつぶやき、灰谷浩を見上げる。

「さあ、どうかな。原形を留めていないから、残念だけど、はっきりとは断定できないね」

灰谷浩は首を傾げて苦笑した。

「夜光先生の推理によれば、千果さんが握りしめていたこれは、秘密の恋人への旅行土産として用意していたチェロのマスコットです。彼女は昨夜、恋志谷神社へ行きたいとメールでわがままを言って、ここから車で一時間以内の距離に住むチェリストの彼を呼び出しました。そして菊乃さんを薬で眠らせ、迎えに来た彼の車で恋路橋へ行きました」

わたしはソファの肘掛から立ち上がり、育江の前で止まった。

「昨夜は何時頃お休みになられましたか?」

「……0時前、浩さんがナイトキャップに梅のリキュールを勧めてくれて、それを飲んだらぐっすり……え? どういうことなん?」

「岩田菊乃さん、灰谷育江さん。体内から睡眠薬が検出されるか否かを調べさせていただきたいのですが、ご協力願えますか?」

わたしの意図を察した蘭堂警部がふたりに検査協力を申し出ると、灰谷浩が妻の肩を抱いて庇う。

「待ってください。僕が妻に睡眠薬を飲ませて眠らせ、南条さんと逢引きしていたとでも？」

「ええ。あなたが千果さんの秘密の今カレですね？　灰谷浩さん」

わたしは灰谷浩に指を突きつけた。

「困ったな。壊れてなんの楽器かもわからなくなっているマスコットをチェロだとこじつけて疑われても……」

「そうですよね。このマスコットだけでは証拠にならないでしょう。でも、千果さんが亡くなったときの格好をあなたがご存知なのはなぜでしょう？」

「え？　それは最初に岩田さんや刑事さんが……」

「言っていませんよね？　菊乃さんはパジャマパーティーをしたと仰ったし、そのあとも寝間着という表現しか出ていません。なのにあなたは、さっき『ネグリジェ』と正確に言い当てました」

「そんなことは……」

反論しようとする灰谷浩の言葉を遮るように、捜査員のひとりが部屋に駆け込んできて蘭堂警部に何事か耳打ちした。

「たったいま、川の中から南条千果さんの遺留品と思《おぼ》しき携帯電話を回収したそうです。これで殺人犯の名がわかりますよ」

蘭堂警部が報告内容を述べると、灰谷浩は「違う！」と悲鳴をあげて激しく首を横に振った。

「殺人犯だなんて……あれは事故です！　泥酔した千果が『自分を捕まえたら素敵なお土産をあげる』とフラフラ走り出して、勝手に橋から落ちたんだ！　たすけようにも、僕は泳げないんだから仕方がないじゃないか。そうしたら、スクーターを乗り捨てた男が走ってきて、自分から川に飛び込んだ。僕にはなんの罪もない！　僕はなにもしていない！」

「事故だから罪がない？　大きな間違いですよ。なにもしなかったのが大問題です。すぐに警察や消防に通報していれば、ふたりを救えたかも知れないのに……赦し難い」

「だって……妻の実家が裕福なおかげで好きな音楽だけをして暮らせているのに……それに、あの男がたすけてくれたものだとばかり思っていたから……」

「いくら言い訳をしても、酔って川へ転落した同行者を見殺しにすれば保護責任者遺棄致死罪です。とにかく、署まで同行願います」

蘭堂警部は勝手な理屈を並べ立てる灰谷浩を捜査員に引き渡し、わたしを振り返った。

「秘密の恋人というキーワードで不安感を煽《あお》ったうえで黒木さんにバトンタッチし、油断した灰谷浩から当事者しか知り得ない情報を引き出す……車の中での作戦会議はこれでしたか。名探偵と助手のチームプレイで見事、楽器を奏でる者の名を言い当ててくださいましたね」

「今回は推理で落としたというより、千果さんの携帯電話が発見されたので、口を噤《つぐ》んでいても通話記録から不倫がばれると諦めたのでしょう」

「実は、あれはハッタリでして……発見された南条千果さんの携帯電話は損傷が酷《ひど》く、消えたデータを復元するのはたいへんそうだという悪い報告だったのです。しかし、先輩が光速で真実を見抜いて灰谷浩を揺さぶったおかげで、無実の青年にストーカー殺人犯などという汚名を着せずに済みました。先輩のご慧眼にはどこまでも感服します」

「……はあ」

よくもまあ、どこまでもいいように解釈できるものだと感服します。

呆然《ぼうぜん》と立ち尽くす育江を女性警官が支えて部屋から連れ出そうとし、玄関から自分の靴を取って来た菊乃も「付き添います」と気遣わしげに育江の背に手を添えて、硝子戸から外へ出たとき。

「なんだって警察の車が？　通せ！　わたしは部外者じゃない！　ここに娘が泊まっているんです。菊乃！　菊乃は無事か？」

捜査員を押しのけつつ現れた昨日の老紳士を前に、菊乃は「お父さん……」とバツ悪そうに顔を顰めた。

「まさか、近くに泊まっていたの？　夜光先生と灰谷さんの顔だけ見たら帰るって約束したでしょう？」

「しかし、作家の男や既婚者の同僚がいつおまえに悪い気を起こさないとも限らないだろう。こんな辺鄙な村で大事な娘を一週間も寝泊まりさせるなんて心配じゃないか。だから一言釘を刺しておいてやろうとしたのに、他人のふりなどしてお父さんを紹介してくれないから……」

「紹介できるわけがないでしょう！　あのねえ、わたしはもう四十なのよ？　いい加減に恥ずかし過ぎる心配はやめて頂戴。若い黒木さんや千果ちゃんがいるのに、誰がわざわざこんなおばさんに手を出すものですか。現に灰谷さんだって……いえ、とにかくあっちへ行きましょう」

言葉を濁した菊乃は女性警官に一礼して育江から離れ、父親の背中を押しつつ去っていった。

ああ……脱力するしかない。

部屋に残されたわたしは、蘭堂警部に気づかれないようにさりげなく先生の髪を引っ張ったり脛《すね》を蹴ったりしてみたが、意識は一向に回復しない。

「蘭堂警部、この名探偵をご自宅に送り届け、布団を敷いて横たえるまでが警部の仕事です……と、夜光先生から伝言を預かっております。探偵助手は先生の車で先に帰りますので、家の鍵は集会所までお戻しください。では！」

キーケースから昏睡作家宅の鍵を外して有無を言わせず蘭堂警部の手に握らせ、わたしはビシッ、と敬礼して、集会所へ逃げ帰ったのだった。

「あー、疲れた……」

今回の出張は実に酷い目に遭った。

京洛カルテットの代わりに地元敬老会有志の皆さんが趣味の日舞や剣舞を披露。夜光蛍一郎講演会は当初の予定通り一時間半となり、それならソロでピアノを弾くのかと思いきや、マジックで盛り上げると言い出し、わたしを巻き込んで集会所で猛練習の末、当日はどこから用意したのか昭和のアイドルチックなフリフリドレス姿で一時間アシスタントを務めさせられ、終了後はそのままの格好で物品販売。愛想を振りまき『ポアロ』を売るうちになぜかわたしの握手会に発展。わからない……揺れていた『花嫁様大歓迎・村人一同』の横断幕の意味もサッパリ。しかしまあ、サイン入り生写真付き夜光蛍一郎特集号は結構売れた。バックナンバーもそれなりに捌けた。わたしは仕事をしたぞ。


「ただいまー」

「おかえりー黒木くん。実にお疲れさまだったねえ」

「おかえり真央！」

自宅に帰り着き、居間のドアを開けたわたしは、父と向かい合って茶を飲んでいる人物を見て、顎を外しそうになった。

「な、なにゆえうちに編集長が？」

「お父さんが王子書房へ会社訪問に来てくださったからねえ。今日はきみが出張から戻る日でもあるし、お迎えついでに家庭訪問でもと思ってねえ」

「会社訪問ってなに……お父さん？」

「真央が出張について来たら絶交とか言うからさあ、会社のほうへ話をしに行ったんだよ。そうしたら、編集長さんはなかなか信用できる人で安心した。こうして家庭訪問にも来てくださったし」

「……どこの世界に、娘の会社訪問をする父親や部下の家庭訪問をする編集長がいるんですかっ」

「えー？　いまの世の中、結構いるんじゃないのかねえ。かわいい娘に優秀な部下。大事にするのは当然だよねえ。有り難く愛されていたまえよ、黒木くん」

菊乃の父親といい、この二人といい……非常識オヤジどもめ。話にならん。

「ちょっと、タブレットなんかで遊んでいないでなんとか言ってよ、お母さん！」

「聞いてー、真央。フェイスブックで友達申請したら、すぐに承認してくださったの。ママ、夜光先生とお友達になっちゃったー」

「もういい……とりあえず寝る」

わたしは居間の異次元空間からくるり、と背を向け、キャリーバッグをゴロゴロと転がして自室へ向かったのだった。

まったく、どいつもこいつも、実にウザくてトサカにくる……でも、この感覚こそを平和と呼ぶのかも知れないと思いながら。

はみだし

敏腕編集者の京都案内③

三重県伊賀《いが》市からの伊賀川と奈良市月ヶ瀬からの名張《なばり》川が『夢絃峡《むげんきょう》』で交わり、雄大な木津川となって笠置へと流れてゆきます。

関西本線大河原《おおかわら》駅を降りてすぐに見える沈下橋が『恋志谷神社』へ渡る『恋路橋』。人気のパワースポットとなっている恋志谷さんは、恋愛成就だけでなく、子授け・安産・婦人病封じにもご利益があるそうですよ。毎年春と秋には大祭があります。そのときにだけ取り扱われる幻のお守りの存在……気になりませんか？

春から秋にかけては木津川渓流で鮎《あゆ》釣りを楽しむ人の姿を目にします(禁止区域もあるので要・注意)。塩焼きにした鮎にたで酢をかけて……色気より食い気のわたしはそちらのほうが気になります。まあ、鮎を釣っても夜光先生はどうせ食べられませんけれどね。

第四話

丹後　羽衣天女

悲運の美女が森を彷徨《さまよ》う

スランプは、突然にやってくる。

「黒木ちゃん、夜光先生からの回答って、もうもらっているのかな」

終業後、月刊『ポアロ』の新コーナー『一寸先生《ちょっとせんせい》』担当者に声をかけられたわたしは、自らの机に突っ伏したまま左右に首を振った。

「いいえ。でも、〆切《しめきり》はまだ先ですよね？」

「うん、大丈夫。集まった分をまとめておいたから、回答があまりかぶらないようにこれを参考にしてもらおうと思って」

「はい、お預かりします」

「じゃあ、お疲れ」

身を起こして書類を受け取り「お疲れ様でしたー」と前に倒れて再びもとの姿勢に戻る。三日間の有給休暇後の出勤。明日からはまた出張だというのに、どうにもやる気が出ない。席を立って家に帰ることすら億劫だ。

「おやおや、どうしたのかね？　黒木くん。友人の結婚式に招かれ、土日を含めて四泊六日のハワイ旅行を満喫してリフレッシュ済みの若者とは思えぬどんよりオーラを漂わせて」

「はあ。なにかこう……胸がモヤモヤしまして」

　編集長の満面の笑みを間近で見せられると、益々余計に。

「そうかね、実は新郎に密《ひそ》かなる想いを秘めていたというパターンかね。ならばこの胸を貸すので大いに泣いてスッキリしたまえよ」

　いらんわ。

「違います。友人は新婦のほうで、新郎はハワイに着いてはじめて見ました。いいお式でしたよ。新郎が三十歳も年上だと聞いていたので心配していましたが、信楽焼《しがらきやき》の狸みたいに愛嬌のある風貌の愉快なおじさまで、やさしいし気前はいいし、なにより六本木《ろっぽんぎ》だか虎ノ門《とらのもん》だかの高層階に住まうIT長者らしいので、きっと友人を幸せにしてくれることでしょう。めでたし、めでたし」

「なるほど。では、きみのモヤモヤの原因はここに書いてあるねぇ」

　編集長の指がアンケートの途中集計を示す。

「ここ？　江戸川恋宝《えどがわれんほう》先生の回答ですか？『Q１：野望は？　A：ミステリ界の女帝に君臨する』……はあ。不動の帝王は夜光蛍一郎。女流で№１といえば赤座栗子《あかざくりこ》先生

ですよね。恋宝先生も売れていらっしゃるけど、二位じゃダメなのかしら……って、
これがなにか？」
「『Q2：この世から消えてほしいものは？　A：自分よりも恵まれた女』うんうん、
そうだよねえ。妬《ねた》みも嫉《そね》みも女編。人類中二位は赦せても、女の中では……ましてや
身近なグループ内では自分が一位でなければ胸がモヤモヤする。それが女性というも
の」
「……ん？　つまり編集長は、わたしが金持ちと結婚した友人に対する嫉妬心で自家
中毒を起こしていると仰る？　失敬な」
断じて違う。わたしはそんなに狭量な人間ではない……筈《はず》だ。
「高層階の友人を羨むことなどないぞ、黒木くん。天人でもないのに高いところに上
りたがるのは、煙とナントカぐらいのものだと相場が決まっている。大体、金持ちに
嫁ぐ＝幸せな勝者とは限らんよ。だから『アタシも対抗して億万長者の夜光先生に嫁
いじゃおうかしら』などと思わんように」
そんな面倒くさいこと、間違っても思うか。
「はいはい。じゃあ、明日からの仕事に備えてさっさと帰って寝ます。えーと、今度
の出張は、次の作品のモチーフとなる毒の知識を学ぶため、村のおばあさんと薬草摘

に、黒木くんと入れ違いに急遽《きゅうきょ》他の薬草摘み体験でしたか」

「ところがだね、薬草おばあさんの孫がクイズ番組で優勝し、一家揃って副賞のハワイ旅行へ向かってしまったのだよ。そこで、体験プランを予約しておいた。詳細は封筒に入っているから、あとで確認しておいてくれたまえ。それでは、これから大事な会食の約束があるのでドロンさせてもらうよ。さてと、携帯の電源も切って……しからばごめん」

「はあ。お疲れ様でした」

編集長を見送り、封筒を開いてパンフレットを取り出す。

「あら、付箋メモが貼ってある……なになに『ごめーん、ここしか見つからなかったんだよねえ』だと？　峰山町《みねやまちょう》の民宿『羽衣ロッジ』で一泊二日の里山体験・薬草化粧水作りの美肌講習会ｏｒ絵手紙講座付き……ってなに。宿泊？　京丹後《きょうたんご》市ってどこよ」

わたしはひとりごちつつ同封の地図を開いて目的地の位置確認をし、三度《みたび》机上に撃沈した。

探せば村の中にもうひとりぐらい、薬草に詳しい人がいるでしょうよ、編集長！と、文句を言われないようにこれ見よがしに携帯の電源を切って逃げやがったのか。

京都府は南北に長く、兎が跳ねたような形をしている。南端の足先に位置する村から北は丹後半島の耳の付け根、峰山町まで、京都縦貫自動車道を走っておよそ百七十キロ。

ただでさえ原因不明の気力低下に悩むいま、あの面倒くさい四十男と京都縦断旅行をする羽目に陥るとは……地獄だ。

1

民宿兼喫茶店『羽衣ロッジ』は、舗装されていない急な山道を車で上ること数分。絶対に道を間違えたけれどもUターンするにも道幅がないので前に進むしかない……と舌打ちしたところで木々の隙間から姿を現した森の中の一軒家である。

オーナーの田沼恒之《たぬまつねゆき》・衿子《えりこ》夫妻は実にいい人たちで、嫌いな食材やアレルギーで食べられないものがあればおしえてくださいと問われて「食べられるものがほぼありませんので持参しました」と非常識な回答をせざるを得なかったわたしに嫌な顔ひとつせず、偏食作家用オムライスの材料をしまうためにキッチンの冷蔵庫を貸してくれた。

部屋で一旦荷物を解き、表の喫茶店で一息ついてから森散策に出る。案内人を務めてくれるのは娘婿のクラウス。田沼夫妻の一人娘はクラウスとの間に息子をひとり儲けたが、四年前に病死してしまったそうで、未来《みらい》という五歳の保育園児を含めて計四人が家族経営の体験型民宿の人々だ。

泊まり客は家族の一員として彼らをツネさん、エリさん、クラさんと呼ぶことになっている。

「クラさん、この葉はさっき喫茶店で出していただいたゼリーの受け皿に散らしてありましたよね？　ハート形でかわいいなと思っていたんです」

わたしはうしろを振り返り、大柄な金髪青年に訊ねた。

「ソウ。カタバミの葉は形がラブリー。食べる目的より、ディッシュにスコシ飾るのがオススメです。それからコチラのドクダミは健康茶にできるし、エリさんが講師の美肌講習会で作る化粧水『天女のはだごろも』の材料にもなります。エリさんのスベスベお肌が効果の証《あかし》ですよ」

確かに、オーバー五十であの肌は驚異的だ。是非とも肖《あやか》らせてもらいたい。

流暢《りゅうちょう》な日本語を操るクラウスの指示に従い、わたしが手持ちの籠に美肌効果のある野草を摘んでいると、横から軍手が伸びてきて「マオくんの美肌のために、僕も協力しましょう」と大量の葉を上乗せしてくれた。

「センセイ、ダメダメ。ソチラはツタウルシ。さわるとトテモかぶれます」

クラウスが慌てて注意する。

「…………」

わたしは無言で籠をひっくり返し、野草を棄てた。図鑑を手にしていながら、よりにもよってなぜそんな過ちを犯すのか、この注意力散漫男は。

とはいえ、悪気がないのはわかっている。そもそもここへきた目的は毒草なので、気を取り直して口角を上げ、ニッコリ笑う。

「今回はクラさんが講師の絵手紙講座を選択しましたからね。まずは、お目当ての毒草をさがしましょうか」

わたしたちは三人連れ立って、更に森の奥へと分け入って行く。

「コホン……えーと、そういえば、くる途中に看板を見ましたが、この辺りは『羽衣伝説の地』らしいですね」

わざとらしい咳払いのあと、四十男はあからさまな話題の転換を図った。

「ハイ。コチラには八人の天女が水浴びをした池や、天女の娘を祀った『乙女神社』があります。天女の血を受け継ぐ子孫の家ものこっていて、旧暦の七夕には祭りをします」

「ほう。羽衣を質に取られて帰れない天女は仕方なく男に従い妻となって子を生《な》すが、のちに隠されていた羽衣を見つけて天に戻り、紆余曲折《うよきょくせつ》を経て七月七日にだけ再会できるという、七夕と結びついた民話の『天人女房』パターンですか」

「七夕？」

わたしは首を傾げ、先生を見上げた。

「それ、織姫と彦星の伝説と混ざっていませんか？　わたしの記憶では、松の木に羽衣を掛けて水浴びしていたら漁師に盗《と》られるけれど、天上の舞を見せることを条件に返してもらって美しく舞いながら天へ昇っていく……というシンプルな話だったと思いますが」

「マオくんの話は、天女の掛けた『羽衣の松』で有名な静岡県三保松原《みほのまつばら》バージョンですね。羽衣伝説は各地に様々なかたちで存在しています。僕の知る有名どころでは、羽衣を取り戻した天女は二度と地上を顧みませんよ。世界遺産富士山の構成資産に登録されている三保松原には及びませんが、滋賀県余呉《よご》湖には天女が羽衣を掛けた『衣《ころも》掛柳《かけやなぎ》』や、のこされた子どもが母恋しくて泣き続けたという『夜泣き石』、鳥取県倉《くら》吉《よし》にも子どもたちが母を呼び戻そうと高台に登って太鼓を打ち鳴らし笛を吹き続けたという『打吹山《うつぶきやま》』があって、観光名所になっています」

「へえ……かわいそうに。旦那はともかく、子どもは天に連れて行ってあげればいいのに」

「確か、子どもは完全な天人ではないので天界で暮らせないとか、羽衣を手にした途端に天女が現世を忘れてしまったなど、理由も様々あったかと記憶します。もしかしたら、子どもを連れて行くパターンもあるかも知れませんね」

「とにかく、諸悪の根源は痴漢で窃盗犯の旦那ですよね。覗きを働いて女性の衣を奪っておきながら『舞を見せろ』と条件を出すのも盗人猛々《ぬすっとたけだけ》しいのに、ましてや返さずに隠した挙句、帰れない天女の弱みにつけ込んで嫁になれとは言語道断。わたしが天女なら、その場で怒りのいかずちをズドーン、とお見舞いして犯罪者野郎を一瞬にして真っ黒焦げに葬り去ってやるところです」

「そのように高度な攻撃を繰り出す能力があれば、もっとスムーズな問題解決ができそうなものですが……仮に、直情径行のマオくん天女がカッとなっていかずちを落とし、羽衣泥棒を即刻成敗したとしましょう。すると必然的に、男が手にしている羽衣も燃えて真っ黒焦げに炭化するのでは？」

「うっ……それは確かに」

わたしとしたことが。

「まあ、そんな間抜けな理由ではなくとも、天に帰れなかった天女がどこかの地にいるかも知れませんね」

注意力散漫男に間抜けの烙印を捺されるとは、痛恨の極みである。

うまい切り返しも思いつかず、自らの不調に眉間を揉んでいると、少し前を歩いていたクラウスが「いますよ」と振り返った。

「コチラには七夕伝承のほかにもうひとつ『丹後国風土記』に記されたトテモ悲しい天女伝説があります。八人の天女が降り立った山も水浴びをした池も同じ。デモ、ひとりの天女の羽衣を盗んだのは、子のない老夫婦で、自分たちの娘になってくれと頼みます。天女は老夫婦のもとで万病の治る酒を造って暮らし、家も村も栄えますが、年月が過ぎて心変わりをした老夫婦に『やはり自分たちの子ではないので出て行け』と追い出されてしまうのです。天女は『天の原　ふりさけみれば霞《かすみ》立ち　家路まどいて行方しらずも』と嘆き彷徨いつつ現在の弥栄町《やさかちょう》辺りに辿り着き、天へ帰れぬまま終焉を迎えました。ソチラの村でやっと心が慰められたことから、奈具《なぐ》の村と名づけられた土地には『奈具神社』が建ち、天女はトヨウケビメとして祀られています」

「それはまた、赦し難い極悪老夫婦ですね」

「天女を追い出したのち、老夫婦の家も村も廃れたとされています」

「当たり前ですよ。ああ……話を聞いているうちに、胸がモヤモヤを通り越してムカムカしてきました」

下唇を突き出すわたしの横に並んで歩きながら、先生は「しかし、老夫婦はなぜ天女を放逐したのでしょう？　酒造りで自分たちに財を成してくれる彼女は、いわば金の卵のはずですが」と、首を捻る。

「あら。先生にはおわかりになりませんか？」

「ほう。マオくんにはわかるのですか？」

わたしは「もちろんです」と頷く。

「千年以上前の寿命から考えれば、老夫婦といっても年齢は四十〜五十代ではないでしょうか。そこへ美しい養女を迎えたらどうなるかなど、火を見るよりも明らかです。夫はオバサン妻など顧みなくなり、デレデレと鼻の下を伸ばして天女に夢中。まだまだ現役で女を張っていたつもりの妻は、夫の愛する女No.1の座を奪った美女に嫉妬して苛々《いらいら》を募らせつつも、こいつは金ヅルだからと自分に言い聞かせて耐えていました。しかし数年経ったある日、スケベ心を起こした夫が天女に手を出そうとするのを目撃して我慢の限界に達します。そして加害者の夫ではなく被害者の天女を『この泥棒猫、出て行け！』と責め立て、羽衣を返してくれと泣く彼女に『ケッ、あれは慰謝料代わりにアタシがもらっておくよ』と吐き捨てて、無情にも戸口から叩き出したのです」

「まるで見てきたかのように言いますね。しかしなかなか説得力のある推理です。いつの世も女性の妬み嫉みは怖ろしい……なるほど。マオくんのおかげで次の作品の犯人像が固まりましたよ。虚栄と嫉妬に狂い、No.1の座を欲して毒をばら撒く悪女VSイナズマ探偵。どうです？」

ミステリ界の帝王・夜光蛍一郎の作品に貢献できるとは。これで間抜けの汚名を返上し、敏腕編集者としての名誉を挽回したといえよう。

「いいですね。早く読みたくてゾクゾクしますよ」

山歩きに疲れてきたわたしは、靴紐を結び直すふりをしてその場にしゃがみ込み、さりげなく休憩をとった。

「あ……かわいいお花」

目線の先に紫色の小さな花が咲いている。

「オオ。マオさん、グッジョブ！　ソチラがセンセイお探しの毒草です」

クラウスが外国人らしいオーバーアクションで手を叩きながら戻ってくる。

「これが？　とてもそうは見えませんね」

「コチラはナス科の多年草で、芽が出はじめた頃がフキノトウやタラの芽に似ているので誤食による中毒事故が起きますが、致死性はアマリありません。食べると酒に酔ったように顔がほてり、植物性アルカロイドが大脳皮質の中枢を興奮させて眩暈や幻覚をひき起こすそうです。うわごとを喚きながら腹痛の苦しみに走りまわるところから、ハシリドコロの名がつきました。別名オメキ（喚き）草とも呼ばれます」

「へえ。怪しげなネーミングもドラマチックな症状も、ミステリのアイテムとしてぴったりですね、先生」

取材といっても試しに食べてみることなどもちろんできないので、カメラでハシリドコロの花や葉茎のアップ、そして生えている場所の風景写真を引きで撮る。

「あら。こんな森の中にどうして女の子が？」

緑の間に人影がちらついた気がして茂みの向こうに建つ森小屋をズームすると、ファインダー越しに幼児のおかっぱ頭らしきものが見えた。

「女の子？」

「ドチラに？」

先生とクラウスに問われて森小屋の前を指すが、裸眼で見ようとカメラを下ろして目を凝らしたときにはもう、その姿はなかった。

「あの森小屋に住んでいるのかしら」

「イイエ。アチラはウチの納屋で、人は住めません。おそらく保育園から帰ったワタシの息子の未来でしょう。納屋にはキケンな道具もあるからひとりで行くなと言ってあるのに……あとでオシリを叩いてきつく叱ってやらねば」

小さな子の性別はパッと見ただけではよくわからない。しかし、わたしが見た影は五歳児にしてはどう考えても小さ過ぎた。

「いえ、息子さんではないと思います。すみません、きっとわたしの目の錯覚です」

もしかしたら、上空を飛んで行った鳥の影でも見間違えたかも知れない。クラウスの息子が冤罪《えんざい》で尻を叩かれてはかわいそうなので、わたしは慌てて否定した。

「ソウ? では、帰ってコチラを見本に絵手紙を描きましょうか」

ラミネート加工の標本しおりを作ってもらうためにファスナー袋にハシリドコロを一株摘んで、わたしたちはまたクラウスを先頭に、ロッジへと戻ったのだった。

2

ロッジでの夕飯は他の宿泊客と一緒に畳の間の食事処でとる。キッチンを借りて偏食作家のためにオムライスを作らせてもらい、わたしは出された野菜や山菜の料理をいただいた。

「せっかくですから、先生もおひとつ如何ですか？　好き嫌いばかりしていると長生きできませんよ。癖のある山菜が苦手なら、このおナスの天ぷらでも……」

気を遣って盛り鉢を差し出したのに、目を背けられてしまう。

「九十パーセント以上が水分なのに、長生きもなにもあったものではありません。むしろ身体を冷やして害になりますよ。毒々しい色にキシキシとした食感……僕はナスビが大の苦手です。あのハシリドコロもナス科だというし、そんな害毒を口にする悪食な人の気が知れませんね」

「あっ、そうですか。じゃあ食べていただかなくて結構毛だらけ猫灰だらけ。ああ、寿命の延びる味わいです。このおいしさがわからないなんて、先生がお気の毒でなりません」

わたしはフン、と鼻を鳴らして鉢を自分の手元に取り戻し、おナスの天ぷらを頬張った。

「マオくん、新コーナーのアンケートですが、Q2のこの世から消えてほしいもの……僕の答えはナスビにします。そしてQ1の野望は、好きなものだけを食べ、無病息災で百まで長生きして、好き嫌いが悪だと決め付け早死にするぞと僕を脅してきた人々の過ちを証明することです」

子どもかっ。

心の中で大いに突っ込みつつ「はいはい」と誰ともかぶりようのないその回答を早速『一寸先生』コーナー担当にメール送信してやった。夜光蛍一郎のクールでクレバーなイメージが崩壊しようが知ったことか。いまのわたしは、考え直せと四十男を説得する気力も無くダルイ。

バッグからタブレットを出したついでにカメラのメモリーカードを挿して森で撮った写真を確認していると、その中の一枚に小さな影が写り込んでいるものを見つけた。

「見てください、先生」

「おや。マオくんの目の錯覚ではなく、ほんとうになにかがいたようですね。茂みから頭の先だけ出ているこの背丈だと、人間だとすれば二、三歳児ぐらいでしょうか」

「でも、幼児がひとりで森の奥にいるなんておかしいですよね。もしかして、心霊写真？　いやだ、寒気がしてきました」

わたしが自らの身体を抱いて震えていると、偏食作家の硝子コップにミネラルウォーターを足しにきた衿子がタブレットの画面に目を落として「あら。その影はきっと座敷童《ざしきわらし》ですわ。この先、ええことがありますよ」と笑った。

「ほう。この地には座敷童の伝説もあるのですか?」

「いえ、伝説やなんてご大層なものはありませんけど、最近ここに泊まったあとに商売で大儲けしたお客さんがいてはって、そのお方も、この辺りにいるはずのない小さい女の子を見たそうですよ。ご利益はうちにもあって、二年前からはじめて口コミで評判になっていた美肌講習会の化粧水が、化粧品会社の目に留まりましてねえ。バイヤーさんが訪ねてきはって、なんと、光星堂《こうせいどう》から『天女のはだごろも』を販売する契約を結ぶことになったんです」

「わぁ、あの光星堂からですか?　すごいですね」

「ほんまに座敷童サマサマですよ。いっそ羽衣より『座敷童の宿』と名を改めてこのロッジを宣伝したら、お客さんがいっぱいきてくれはって大評判になるかも知れませんねえ。そうしませんか?　あなた」

「神様を商売に利用しようやなんて、アホなことを言うもんやないわ」

恒之が畳の間のよりも一段低くなった土間のキッチンカウンター向こうから妻を窘める。

「座敷童……ですか」

心霊写真を撮ってしまったと気に病むよりはずっと縁起がいいが、幼女が出現したのは森の奥の納屋前である。果たして座敷にいなくとも座敷童といえるのか？

「あの、僕にもその写真を見せていただけませんか？」

わたしがタブレットの写真を見下ろして首を傾げていると、近くの座卓で静かに食事を摂っていた男性が、膝歩きで近づいてきた。

今日の泊まり客は、わたしたちのほかにその男性ひとりだけだ。ここでクラさんの絵手紙講座を受けているときにはいなかったので、彼は向かいの部屋で行なわれていたエリさんの美肌講習会のほうに参加していたのだろうか。

天然なのか、やわらかそうな巻き毛が小顔の額に落ち掛かり、全体的に線が細く、知的な印象。目尻に泣き黒子《ぼくろ》のあるなかなかの繊細系美男子である。

「あら。木下《きのした》さんも座敷童に興味あらはる？」

「いえ……」

衿子に木下と呼ばれた男性は「実は、僕のほんとうの名前は樹下《みきもと》と申しまして、弥栄町の病院で医師をしております」と、意外な告白をはじめた。

「弥栄町で医師の樹下さんというたら、もしかしてあの大きな『ミキモト総合病院』の？」

「はい。院長の息子で樹下秀夫《ひでお》と申します」

男性は衿子に名刺を差し出した。

「はあ。せやけど大病院の御曹司がなんでまた、福知山《ふくちやま》からバードウォッチングにきた会社員の木下やなんて嘘の身分で予約しはったんです？」

「うちのナースが半月ほど前に撮った写真を見て、行方不明の妻子を捜しにきました。僕の名前が耳に入ったら姿を消すだろうと思い偽名で予約させていただいたのですが……この人物にお心当たりはありませんか？」

男性が座卓に置いたのは『羽衣ロッジ』をバックに女性二人がピースサインをしているスナップ写真だ。よく見ると、ロッジの玄関で靴を揃えている髪の長い人物が小さく写り込んでいる。ナースたちが講習会で作った『天女のはだごろも』の話題で盛り上がっているときに詰所を通りがかり、偶然にも妻らしき人影の写っているこの写真を見つけたという。

「こちらが失踪当時の美奈子《みなこ》と娘の美羽《みはね》です」

次に男性が出した写真には、生後間もない赤ん坊を抱いた美しい女性が写っていた。

「え？　いなくなられたのっていつです？」

別に出し惜しみする写真でもない。わたしはタブレットの画面を男性に向けた。

「二年前です」

「娘さんの面影……あります？」

「僕は父親ですから、成長していても娘だとわかるはずだと思ったのですが……情けないことに、さっぱりわかりません。父親失格ですね」

「こんなにぼやけた頭の先だけの影からでは、判別できないのも無理ないですよ。落ち込まないでください」

　わたしは項垂《うなだ》れる男性の肩を叩いて慰めた。

「そうですね。落ち込んでいる場合ではありません。自分の目で確かめたいので、この建物のある場所をおしえていただけませんか？」

「森のずっと奥のほうでしたけど……こちらのロッジの納屋で、住居ではないそうですよ」

「それでも、もしかしたら娘かも知れないという希望に賭けて、夜が明けたらこの山一帯を捜してみますよ」

「再会できるといいですね」

「……それはどうでしょう」

　わたしが気の毒な男性を精一杯励ましているというのに、空気の読めない四十男が口を挟んでくる。

「奥さんらしき人影が写ったスナップ写真は半月前のものでしょう？　幽霊でもなければ、未だ子連れで森の中をウロウロ彷徨っているなど、あり得ないと思いますが」

「ちょっと、先生！」

無神経にもほどがあるだろう。

「そ……それでは、妻と娘はもう生きていないと仰るのですか？」

「そうは言っていません。タブレットの小さな影はサルかなにかの野生動物でしょうし、スナップ写真に写り込んでいる人影があなたの奥さんではない可能性もあるという話です」

「いいえ。これは妻の美奈子です。赤ん坊の頃に別れた娘はともかく、愛する妻を見間違えたりはしません。それに、妻は峰山町の生まれで『乙女神社』の近くに住んでいたと聞いたことがあります。生家は競売にかけられてとうに人手に渡っているらしいですが、幼少期を過ごした懐かしいこの場所を訪ねて来たに違いありません。エリさん、よく思い出してください。ほんとうに見覚えはありませんか？」

再度問われた衿子は眉間に皺《しわ》を刻み、スナップ写真の人影と男性の妻子の写真を交互に見比べた。

「手前の看護婦さんお二人はよう覚えていますよ。看護学校を卒業して就職したばかりで、肌荒れに悩んではりましたなあ。小さな宿ですから、泊まり客ならお顔を忘れたりはしません。けど、うちの体験プランを日帰りで受講される方もいますし、この日は『天女のはだごろも』の件で光星堂の研究員さんも見学に来てくれはって、とにかく仰山の人が玄関を出入りしましたさかい……暗がりで俯いている小さい人影に見覚えと言われても困りますわ。あっ、そうや！　名簿はお見せできませんけど、わたしが参加者の中に奥さんのお名前があるかどうかを探してみましょうか。ええと……樹下美奈子さんですね？」

衿子が日帰り体験者の申し込みファイルを調べようかと申し出たが、男性は首を振って辞退した。

「客として来ていたならおそらく偽名をつかっていますから、名簿は手がかりにならないでしょう。僕はてっきり、妻がこちらで従業員としてお世話になっていると思い込んでいたのですが……」

「は？　なんでまたそんな誤解を？」

「ナースたちが持って帰ったドクダミと精製水とグリセリンの化粧水です。先ほど僕も習いましたが、妻が作っていたものと材料や作製の手順がよく似ているものですから。ここで講習会をはじめたのは二年前だと仰いましたよね？」

「それがなにか？　いややわ。たとえ材料や作製の手順が似ていても同じにはなりませんよ。パッと見にはわからへんでも、化粧水は使用する野草に丁寧な下準備を施すだけで品質に雲泥の差が出るデリケートなモンです。うちの『天女のはだごろも』とお宅の奥さんとはなんの関係もあらへんさかい、諦めて余所を当たらはったほうがよろしいわね」

衿子は肩を竦めて「フン」と鼻を鳴らし、土間のサンダルを履いてキッチンへ去ろうとした。大手化粧品会社も認めた自慢のオリジナル化粧水を男性の妻の盗作かの如く言われ、気分を害してしまったようだ。

男性は声を詰まらせ、土下座した。

「妻子を取り戻したくて藁《わら》にも縋る思いとはいえ、失礼なことを申し上げてすみませんでした。どうかお気を悪くなさらないでください。捜索に地元の方々のご協力を賜《たまわ》りたいのです」

「あの……エリさん」

畳に額を押し付けて謝罪する美男子の姿があまりにも憐《あわ》れなので、わたしはなんとかとりなそうと衿子を呼び止めた。

「こちらも悪気があって仰ったわけでは……」

「ええ。わたしに対して悪気がないのはわかっていますよ。せやけど、失踪人の捜索やったら地元の人間よりまず警察に頼むべきやのに、さっきからお話を伺っていたら、おかしいやないですか。偽名で隠れているだの夫の名前を聞けば姿を消すだの……このお方の奥さんは行方不明というより、自らの意思で逃げてはるのでしょう？　なにをしでかさはったのか知りませんけど、よっぽど嫌われてはるわ。たとえ見つけ出してもよりを戻すのは到底無理やと思いますし、迂闊《うかつ》に奥さんと引き合わせるお手伝いをして後々向こうさんから怨まれる羽目になるのもアホらしいわ」

言われてみれば、確かにそうだ。わたしは打ちひしがれている男性の顔を覗き込み、遠慮がちに問うた。

「あのう……立ち入ったことをお訊ねしますが、そもそも奥さんはなぜ、まだ赤ちゃんの娘さんを連れて失踪なさったのでしょう？」

「お恥ずかしい話ですが……嫁姑《よめしゅうとめ》の問題です。実は、妻の美奈子は悲しい身の上でしてね。先ほど生家が競売にかけられたと申しましたが、それは親が借金苦で一家心中を図ったせいだとか。ひとり生き残った彼女はなにもかも失《な》くして峰山町を追われ、養護施設で育ったそうです。僕はうちの病院で募集した受付アルバイトの面接にきた彼女に一目惚れし、両親の反対を押し切って結婚しました。特に母は、大事なひとり息子の僕がどこの馬の骨とも知れない貧しい女に誑《たぶら》かされたと悔しがり、妻につらく当たりましたよ。はじめは結婚に反対していた父は、性格が優しく家の中のことにもよく気がつく嫁をすぐに気に入り、実の娘のように可愛がりましたが、母にはそれも気に入らなかったようです」

「それで、若く美しい嫁に樹下家の主婦No.1の座を脅かされたお姑さんが美奈子さんを追い出してしまったわけですか。なんだか昼間に話していた羽衣天女の話みたい……奥さん、ほんとうに天女みたいにきれいな方ですねぇ」

わたしは赤ん坊を抱く美女の写真を見下ろし、嘆息した。

「ただ追い出したのではなく、決定的な事件が起こってしまったのです」

「事件？」

「一つ数万円の美容クリームを何種類も使うような母ですから、野草と数百円の材料で妻が作る化粧水も『貧乏臭い』と毛嫌いしていました。そしてある日、コンロ前で野草を煮ている妻と『捨てろ・捨てない』で口論になった母は、妻の手から煮え滾《たぎ》る野草汁の入った鍋を奪い取り、怒りに任せて投げつけたらしいのです。父が音と悲鳴に驚いて駆けつけたときには、母は自分のしでかしたことに驚いて家から逃げ出し、妻は大火傷《おおやけど》を負ってキッチンに倒れていたとか」

「事件って、傷害致傷……というか、もはやそれ、殺人未遂事件じゃないですか」

喧嘩の域を超えて警察沙汰になってしまっては、嫁姑の関係修復は絶望的だろう。

「僕の家は病院ですから、妻は父の手配で速やかに運ばれて秘密裏に治療処置を受け、警察沙汰にはなりませんでした。事件を表沙汰にしたくない父は妻に相応の慰謝料を払うので病院から去ってくれと頼み、互いに二度と関わらないという念書を交わしたようです。妻が母を訴えずに去る条件は、娘を連れて行くことと養育費分の金額上乗せだったとか。すべては僕が家を空けている間の出来事で、僕は妻が負った火傷の状態すら知らないのです。一ヶ月間の医学研修を終えてアメリカから戻ったら、美奈子と美羽は消えていました」

男性は、目尻の涙を拭って鼻を啜りあげ、更に話を続ける。

「ですから警察には頼めませんし、妻を見つけたとしても、うちの病院の嫁として連れ帰れないのは承知しています。でも、僕の生涯の伴侶は美奈子しかいませんから、両親も病院も医師の仕事もすべてを捨て、彼女を選ぶつもりです」

「……そうですか。あなたが奥さんを生涯の伴侶に選んでも、娘と慰謝料＋養育費を選択して相談はおろか別れの言葉ひとつなく夫を捨て去った奥さんが再びあなたを伴侶に選ぶ可能性は限りなくゼロに近いと思われますが、ご健闘をお祈りいたしますよ」

「ちょっと、先生！」

四十にもなる大人のくせに、思ったことをそのまま口にするな、この無神経男め。しかも、わたしも心の中では同意見なだけに「そんなことありませんよ」とは励ましづらいだろうが。

フォローに窮していると、土間のキッチンから恒之が「それでも、やれるだけのことはやってみたらよろしい」と男性を励まし、カウンターに一升瓶を並べはじめた。

「どんな障害があろうとも、天女の如く美しかった顔が火傷で無惨に焼け爛《ただ》れていようとも変わらずに恋女房を慕い追い求めるあんさんの純な気持ち、応援しまっせ。近所の知り合いや地元消防団の仲間にも声がけして、聞き込みと捜索を手伝いますさかい、目撃情報が仰山出てくるはずや。すぐに見つかりますわ。さあさ、景気づけに近くの蔵元の銘酒をご馳走《ちそう》します。ロッジの奢《おご》りやさかい、たんと飲んでおくれやす。ほら、衿子。さっさと運ばんかい」

「はいはい」

清酒、にごり酒、焼酎……ありとあらゆる酒がなみなみと注がれた硝子コップを、衿子が盆に載せて運んでくる。

「ありがとうございます。地元の方々にご協力いただければ百人力です……あ、この酒は実にまろやかですよ」

男性は繊細な見かけによらず酒豪らしく、座卓に置かれる硝子コップを次々と空けていく。

「あら、ほんと。飲みやすいですね」

酒のコップはわたしたちの座卓に並べられているので、わたしも空いた湯呑みに甘口のものを少し分けてもらい、料理とともに楽しんだ。

「おや？」

対面に目を遣《や》ると、オムライスを食べ終えた四十男がタブレットの画面を近づけたり遠ざけたりしながら首を傾げている。

「先生、老眼ですか？」

「これは……」

「どれです？」

手を伸ばしたわたしにタブレットを差し出し、注意力散漫な老眼四十男は自らのミネラルウォーターと間違えて手にした硝子コップの清酒を一気に呷《あお》った。

「これは、し、がい……」

「屍骸？」

そして、不吉な言葉を遺して畳に沈んだのだった。


「ううっ……」

夜中に布団を出て廊下を走り、トイレに駆け込む。これで三度目だ。もう胃の中には何もない。

洗面台で口を漱《すす》いで廊下に出ると、向かいの男性用トイレの引き戸がするすると滑り、出てきた飲酒昏倒男とばったり出くわした。

「……大丈夫ですか？　先生」

「マオくんこそどうしたのです？　人に大丈夫かと訊ねている場合ではない顔色ですよ」

「さあ。喉がヒリヒリ痛み、大して飲んでもいないのに吐き気がして、頭はのぼせてぼんやりするし、背筋はゾクゾク寒いし、先生と違って若者だというのに身体の節々が軋《きし》んでバラバラになりそうです。これはどうしたことでしょう」

「どうしたもこうしたも、それらは明らかに風邪の症状でしょう」

額に冷たい手を当てられる。

「ご冗談を。わたしは生まれてこの方、風邪などひいたことがないのが自慢です」

「では、人生初の風邪っぴきですよ。熱があるじゃないですか。食事処から灯りが漏れていますから、まだどなたかいるようです。薬をもらいに行きましょう」

先生に支えられて廊下を進み、磨《す》りガラスを遠慮がちに叩いてみると、中からクラウスが顔を出した。事情を説明すると近くの棚から漢方薬を出し、奥の暗いキッチンの土間に下りて硝子コップに水を汲んできてくれた。

受け取ったものの、顆粒《かりゅう》の薬を飲んだことがないので躊躇《ちゅうちょ》する。

「ソウソウ。コチラ、使ってください」

クラウスがエプロンのポケットからオブラートの箱を出して勧めてくれたので、わたしの悩みはすぐに解消した。

「すみません。ありがとうございます」

薬を飲んで硝子コップを返す。

「クラさんは、こんなに遅くまでお仕事ですか？」

「エエ……イエ、小腹が空《す》いてコッソリつまみ食いをしていましたがモウ帰って寝ます。マオさんも先生もタップリ寝て、明日は元気になっていてください。朝食はエリさんが腕を振るって胃にヤサシイ野草の白和《しらあ》えやゼリー寄せを作りますよ。ご出立の際のお土産用にツネさん自慢の石窯でパンやクッキーも焼きますから、楽しみにしてくださいね」

「それは楽しみですね。まあ、僕はどのみちマオくんの作ったオムライスしか食べないわけですが」

「……おやすみなさい」

わたしは無神経男を肘で押しつつクラウスと別れ、それぞれの部屋で眠りに就こうと廊下へ出た。

食事処の隣にあるトイレ前を過ぎて廊下の突き当たりまで戻ると、右手二つが男性陣の客室。左手の空室をひとつ挟んで奥がわたしの部屋だ。その先に勝手口があり、渡り廊下の向こう側が田沼家の住居スペースになっている。

先生に送られて部屋の前まで戻ると、暗い廊下から、ソーラーランプに照らされた勝手口前に立つ田沼夫妻らしきシルエットが見えた。

「心配せんでも、未来はよう寝とった。雨戸も閉めといたさかい、少々の騒ぎには気づかんと朝まで静かに眠りよるやろう」

「ほな、わたしはこのあとあっちへ行ってあの子と居りますわ。そっちは頼みます」

二人は戸締りの確認に回っているらしい。

「それにしても、腕やら顔にまでえらい傷をつくって……一体、森でなにがあったんですか？」

「愛子に手ぇ出して刺されたんや」

「まあ！ あんな怖いモンに手を出すやなんて……ほんで、その愛子は？」

「山に棄てた」

「棄てた？」

「とにかく怖かったから、布を被せて上から包丁で叩いたんや。手加減したつもりやったけど力を入れ過ぎたみたいで……布を取って見たらもうアカンかった。あんな愛子でもおまえの仕事にはまだ必要やったか？ 勝手なことをしてスマンかったな」

「いまさら愛子なんかに利用価値はあらへんさかい亡《の》うなっても構いませんけど、棄てるところを未来に見られへんかったでしょうね？」

「大丈夫や」

「真由美も殺《や》ってしもうたことやし、面倒くさいから、残った木下も始末しましょうかねえ」

「せやな。邪魔なモンは一掃してスッキリさせるのがええわ」

わたしと先生は顔を見合わせ、無言のまま田沼夫妻が勝手口前から去るのを待った。

「わたしいま、ものすご一く怖い話を聞いた気がするんですが。いやいや、まさか。熱による幻聴ですかね？」

「さて。僕も悪魔の水による酔いが醒めていないのか、少々混乱しています。一旦眠って、考えるのは明日にしましょう。マオくんは即刻布団を被り目を閉じること。ハイ、部屋に入る」

「はあ。おやすみなさい」

背中を押されたわたしは素直に自分の客室に入り、ズキズキと痛むこめかみを揉んだ。

寝よう。

3

「あぁあちっ、熱い！　うわあぁぁぁっ！」

樹下の野太い悲鳴と大きな物音に目覚めたのは、寝入って間もなくだった。

「えっ、火事？」

布団を撥《は》ね除《の》け、跳び起きる。

「バ、バケモノ！　来るなぁぁっ！」

次いで、廊下をバタバタと走る足音。玄関扉に追突する音。外へ出た誰かが砂利を踏んで駐車場を走り、車に乗り込む音。エンジン音と車が走り去る音がして、やっと静かになる。

なにごとかと廊下へ出ると、ちょうど先生も部屋から顔を覗かせたところだった。右端の部屋の扉が開いていたので中を確認すると、火の気はなかったが、ベッドはぐっしょりと濡れており、廊下に水滴が点々と続いている。

わたしと先生は水滴を辿り、トイレ前……食事処……玄関に辿り着き、開け放されたままの扉から外を見て息を呑んだ。

駐車場側から走ってきた髪の長い女が、玄関前を通り過ぎて森の方へ逃げて行く。

「誰だ！　待ちなさい！」

女は先生の制止の声に従わずに走り続けながら、こちらを振り返った。

「……バケモノ？」

なぜか手にヤカンを持っているが、白いワンピースを纏《まと》った長身痩軀と風に靡《なび》く長い黒髪が天女の如き佇《たたず》まいだ。しかし、玄関ポーチの灯りに一瞬照らされたその顔は、おぞましく焼け爛れて所どころ焦げていた。

「一体、なんの騒ぎですか？」

火傷の女が暗い森へ消えてほどなく、別棟の玄関から恒之とクラウスが現れた。

先生が状況を説明する。

「樹下氏が『熱い』と叫びながら部屋を飛び出して、車で去ったようです」

「部屋に荷物を残してスリッパ履きのままですか？　まさか、寝煙草《ねたばこ》でもして火の始末を誤らはったんやろうか……えらいことや！」

「いえ、部屋に火の気はありませんでした。どうやら、バケモノに追われて逃げたようです」

「そらまた、豪快な寝惚け方ですなあ」

「悪酔いをしてゴーストの夢を見たのですか。しかし、飲酒運転はキケンです。警察に連絡しておきますか？」

「うーん。病院のために警察沙汰をなにより嫌がってはったさかいなあ」

「あのっ、ほんとうに誰かいました。わたしたちも顔の焼け爛れた女の人が森の中へ逃げて行くのを見たんです。ね？　先生」

「ええ。見ましたね」

「なんと、みなさんまだそないに酔うてはるとは。わたしが調子に乗って酒なんぞ勧めたせいで、申し訳ないことです」

「先生はともかく、わたしは酔っていません」

「赤い顔をなさって……酔うている人ほどそう言いなさる」

「オー！　ソウいえばマオさんは熱がありましたね。早く横になってください」

思い出したクラウスが大声をあげる。

「……そうですね。戻りましょう、マオくん」

飲酒昏倒男と発熱女の証言に信憑性《しんぴょうせい》は認められず、先生がそれ以上の主張を諦めたので、わたしも仕方なく従った。

「先生、この宿……おかしいですよ」

「はい。もしかしたら、僕らはハシリドコロの煮汁を酒に盛られて幻覚を見たのではないでしょうか」

「えっ？　昼間に摘んだアレをですか？」

「標的は樹下氏だったと思われます。しかし、マオくんも僕も彼のために出された酒を口にしたので、症状が出てしまったのです」

「でも、どうして樹下さんを？」

「たとえば、病死したというクラウス氏の妻で田沼夫妻の一人娘が『ミキモト総合病院』の患者だったとしたら？」

「医療過誤の復讐ってことですか？」

「過誤なく適切な医療を施された結果でも、亡くなれば遺族はその病院にいい感情を抱かないものでしょう」

「なるほど。木下さんが樹下さんで『ミキモト総合病院』の御曹司だとわかったので、ちょっとした悪戯《いたずら》で苦しい目に遭わせてやった……というわけですか」

「彼らがこの上まだ僕たちに危害を加える気があるとは思えません。どのみち、僕もマオくんも車を運転できる状態ではないのでここから出られませんし、いまは休みましょう」

「はあ。寝るしかないですね」

それ以上の思考を放棄したわたしは「おやすみなさい」と自分の客室に戻り、幻覚も夢も見ずに眠った。

「おはようございます」

目覚めると、気分はすっかりよくなっていた。わたしは偏食作家の朝食を作るために食事処の畳の間から土間に下りてキッチンに入り、衿子と並んだ。

「おはようさん。クラウスから聞いたけど、お風邪の具合はどうです？」

「一晩寝たらすっかり治りました。風邪じゃなかったのかも知れません」

ハシリドコロを盛らなかったか？　とは、さすがに問えない。

「昨晩はえらい騒ぎやったそうですねえ。あとで主人に話を聞いてびっくりしました。わたしは普段から耳栓をして寝ていますさかい、まったく気がつきませんでしたわ」

「樹下さんから連絡はないままですか？」

「ええ。あんまり朝早うに電話してもアカンから、もうちょっとしたら戴いた名刺の番号に連絡してみます。どうしたはるか心配やし、宿代のことはええけど、戻ってきはらへんのやったら荷物も送り返さなアカンしねえ」

「そうですね。あら？　ケチャップが……」

持ってきたケチャップが冷蔵庫に見当たらないのでキョロキョロしていると、衿子が業務用の巨大な瓶を出してきてくれた。

「堪忍え。昨日の夜、クラウスが間違うて使うてしもたみたい」

ゴミ箱を見れば、ケチャップの空容器がゼラチンの袋と一緒に捨ててある。

わたしは食事処の座卓を拭いている金髪青年を見遣って首を傾げた。

小腹が空いてつまみ食いって……真っ暗なキッチンでケチャップゼリーでも貪り食

っていたのか？　クラウスよ。

だどしたら先生とどっこいどっこいの特殊嗜好だが、まあ……とやかく言うまい。

気を取り直して料理を続行し、オムライスを完成させて先生の待つ座卓に運ぶ。

わたしの朝食は衿子が運んできてくれた。

「おいしそうなヨモギの白和えですね」

「今朝摘んできたばかりの軟らかい芽です。ヨモギがお好きならもっと摘んで、ヨモギパンとヨモギクッキーも主人に焼いてもらいましょう。風邪に効くし、ヨモギ茶もええわね」

「わあ、楽しみです。いただきまーす」

空っぽの胃に朝食を詰め込んでいると、対面の偏食作家がボソリ、とつぶやいた。

「疑惑の宿で食欲全開とは。マオくんは剛胆といいますか……理解し難い神経構造ですね」

目の前のアナタにだけは言われたくないですね。まったくもって業腹です。

「わたしたちに対して悪意はない筈だと仰ったのは先生ですよ」

それに、一晩寝てスッキリした頭で考えてみれば、いろいろと引っかかることがある。たとえば、原因がハシリドコロにしろ酒や熱のせいにしろ、ふたりして『手にヤカンを持ったモデル体型で白いワンピース姿の顔面が焼け爛れた女』という同じ幻覚を同時に見るのはおかしくないか？

「そういえば、先生は昨日、倒れる前にタブレットを見て『屍骸』って仰いましたね。なにか野生動物の屍骸でも写っていました？」

「あ……それですよ！　いま、僕はたいへんなことに気づいてしまいました」

そのとき、男の子が「ギャーッ」と奇声を上げながら駆け込んできた。クラウスの息子の未来は栗毛で彫が深く可愛らしい。顔や手足にたくさんの絆創膏《ばんそうこう》を貼り、なかなかの腕白小僧ぶりだ。

「おまわりさんきたで！　おじいちゃんが、パパとおばあちゃんを呼んできてって」

「ハイ？」

「あらまあ。なにかしら。ちょっと失礼……」

未来に手招きされ、クラウスと衿子が食事処を出て行く。

廊下に顔を出してそっと覗くと、玄関口に制服姿の警官が立っていた。

「昨夜遅くにこの先の道路で飲酒運転による自損事故を起こした男性が、近くの病院に救急搬送されましてね。さっき意識が戻ったんですけど、えらい興奮してはって、ここで自分の奥さんから熱湯をかけられて殺されかけたと言わはるんですわ。夫婦喧嘩がエスカレートした事件かと詳しく聞けば、奥さんはもう死んでバケモノになっていて、森小屋には娘の怨霊もいる。復讐されるから警察より坊主を呼んで悪霊退治してくれと言い出す始末でして。あまりの錯乱ぶりに埒が明かへんので、事情を伺いにきました。泊まり客の方にもお話を聞かせてもらえたらありがたいです」

若い警官の声は聞き耳を立てなくてもよく通る。

「これは殺人事件です」

先生が囁《ささや》いた。

「交通事故ですよ」

老眼の上に耳まで遠いのか？

「そうではなく、樹下氏の妻子に対する殺人事件です。昨夜見た火傷の女は幻覚ではなく、実在しています。いいですか？　マオくん。タブレットに写っていたのは『屍骸』ではありません。生き物の影にばかり気を取られていましたが、よく見れば建物の横にエアコンの『室外機』があったのです。つまり、あの森小屋が樹下氏の妻子が愛子と真由美の偽名で暮らしていた住居だったとしたら？」

「愛子に手を出そうとして抵抗されたツネさんが、包丁で叩いて殺し、遺体を棄てた。わたしたちに存在を見つけられそうになった真由美も殺してしまい、迎えに来た木下……つまり樹下さんも始末しようとしたと？」

「おそらく『天女のはだごろも』は樹下氏の妻が考案した化粧水でしょう。人目を忍ぶ彼女の代わりに美肌講習会の講師を務めていた田沼夫人は、すでにレシピと製造工程を熟知していますから、いまさら愛子に利用価値はありません。昨夜の話とぴったりと符合します」

「ですが、わたしたちが火傷の女を見たのはツネさんがエリさんに犯行を語った後ですよ？」

「包丁で叩き殺したと思って遺体を棄てたが、息を吹き返したのです。彼女は樹下氏にたすけを求めようと客室へ向かい、ヤカンの水をかけて起こしましたが、彼は焼け爛れた妻の顔を見て怖れ戦《おのの》き逃げてしまった。憐れな彼女は自分の娘がもう殺されているとも知らず、いまも山中を探し歩いている筈です」

「ええと……でも、半月前にここの玄関でスナップ写真に写り込んだ奥さんの顔に火傷はなかったですよね。大体、いくら煮え滾っていても野草汁であんな風に真っ赤に焼け焦げます？」

「夕食時の田沼夫人の話を思い出してください。化粧品会社との契約が決まり、光星堂の研究員が見学にきたのもその頃です。契約によって得られる利権は当然自分たちのものと思っているロッジの人間と、レシピの考案者は自分だと主張する彼女との間に諍《いさか》いが生じたとしたら？　母子で新しい生活をはじめるために『天女のはだごろも』の利権を持ってここを出て行かれてはたまりません。そこで、愛子の顔を焼き、真由美を人質にとって監禁していたのです」

「そ、そんな残忍な……」

「まったく、かの昭和の巨匠・縦溝《たてみぞ》先生の『犬墓村《いぬばかむら》』も吃驚《びっくり》の残忍さです。さあ、あの警官に名探偵の暴き出した凶悪事件の悲しい真相を伝えねば！」

「お待ちください！」

勢いよく立ち上がった先生の手をガシッ、と摑んで引き止め、棚から軍手とビニール袋と野草図鑑を取って握らせる。

「事件の真相は助手のわたしからしかと伝えておきますので、恐れ入りますが、先生は勝手口から森へ出て、ヨモギを摘んできていただけないでしょうか。風邪にはヨモギがいいらしいので、自分で摘みに行きたいのはやまやまなんですけど……ゴホッ、ゴホゴホ……」

「わかりました。たくさん摘んできますよ」

咳込む真似をすると、先生はコロリ、と騙《だま》されて勝手口へと走っていった。

わたしは大きく伸びをして再び座卓につき、朝食を食べ終えてから廊下に出て、玄関の警官に証言する。

「ええ。夜中に騒いで出て行った方がいましたねえ。安眠妨害されて実に迷惑でした。えっ？　火傷の女性？　馬鹿馬鹿しい……酔っ払いのたわ言でしょう？　森小屋だって昨日の散策時に見せてもらいましたけど、不審なものなんてなにもなかったですよ」

「そうですか。あまり騒がれるので一応の確認に来ただけですので、なにもなければ失礼します。男性の家族の方とは連絡が取れておりまして、荷物は着払いでこちらの住所に送ってもらいたいとのことでした。宿代の支払いなどは迷惑料も含めて後日手続きするそうです。では、お時間をとらせましてすみませんでした」

敬礼をして去っていく警官を見送ったわたしは、田沼家の面々にニッコリと微笑んだ。

「夜光先生のような本物の名探偵は、真実がわかったからとなんでも公にしたりはしません。秘するべき事柄を心得ておりますのでご安心ください。でも、せっかくなので帰る前にご家族全員を紹介していただけませんか？」

4

紹介された美奈子と美羽の母子はバケモノでも座敷童でもなく、天女の如く美しい女性と可愛い女の子だった。

「昨日の夜、クラさんは美奈子さんの火傷メイクを手伝っていたんですね？　絵手紙用の筆もあるし、道具はそろっていますものね」

グリセリンやゼラチン、オブラート、ケチャップなどを使って火傷のケロイドを作る簡易特殊メイク術がある。キッチンの暗がりには樹下を脅かそうとスタンバイしている美奈子が潜んでいたのだ。クラウスがエプロンのポケットからオブラートを出したのも、次の日にケチャップの空き容器やゼラチンの袋が捨ててあったのも、それで説明がつく。いささかやり過ぎの焦げ跡は、石窯の炭でも散らしたのだろう。

「樹下さんは美奈子さんがどこに火傷を負ったか言わなかったのに、ツネさんが『天女の如く美しかった顔が火傷で無惨に焼け爛れていようとも』と、やけに顔を強調されるので、なにか違和感があったんですよね……と、夜光先生が」

「先生には敵《かな》いませんなあ」

「まあ、捜しにきたくせに火傷メイクでちょっと脅かされたら自分が復讐されるとパニックを起こして逃げたということは、姑ではなく彼自身が美奈子さんと美羽ちゃんの家出の原因なんでしょう」

「その通りです。あの人は仕事のストレスが限界に達すると、わたしに当たって発散しました。身寄りのない娘ならば息子を訴えたりせず黙って耐えるだろうと思ったのでしょう。舅《しゅうと》も姑も、わたしを嫁として大歓迎してくれましたよ。暴力といっても、ちょっと小突かれたり蹴られたり、手近にあるテレビのリモコンなどを投げつけられる程度でしたし、そう頻繁なことでもなかったので、玉の輿《こし》に乗れた幸運とで相殺されると自分に言い聞かせて過ごしていました。美羽も生まれてそれなりに幸せで……でも、あの人の苛立ちは、より弱い者に向けられることがわかったのです。二年前、泣いている美羽のベビーベッドに『うるさい！』と熱湯の入ったヤカンを投げました。咄嗟に庇ってわたしが背中に熱湯を被り……あとは大体あの人の説明通りです。わたしが火傷を治療して姿を消すまでの間、事態を重く見た父親が彼を強制的にアメリカへ研修に出していたわけです」

「旦那さんに見つかったら厄介やさかいにロッジでの仕事はせんでええと言うていたのやけど、半月前のあの日は光星堂のお偉いさんも来ていたさかい、レシピ考案者のミナちゃんが挨拶せんわけにはいかなくてねえ」

「実は、ここを突き止めて向かっていると連絡をくれたのは、あちらのご両親なんです」

「それで、咄嗟に撃退方法を考えたということですね？」

「あの人はわたしの容姿に執着していましたから、それさえ断ち切れば、あとはあちらのご両親が息子と病院のためにうまく処理してくださる筈です」

それはまあ、こんな桁外れの美女が妻なら諦め切れずストーカー化するのも無理はなかろう。

「酒をしこたま飲ませて正気を失わせ、火傷メイクで熱湯をかけて脅かし追い出す。でも、下手をしたら樹下さんは事故で亡くなっていましたよ？　そうしたら、夜光先生もさすがに目をつぶることができませんでした」

「それはとても反省しています。かけたのは五十℃程度のお湯ですし、車のキーを持って逃げるとは思いませんでした。わたしと美羽はここで『羽衣ロッジ』の皆さんと家族でいたいのです。そのために夫の執着から逃れたかっただけで、危害を加えるつもりはなかったのですが……」

「ミナちゃんはね、お家に不幸があるまでは、うちの娘とクラスメイトやったんです。

二年前、磯砂山《いさなごさん》の麓にある『乙女神社』で再会して事情を聞いたさかい、うちに誘いました。『乙女神社』にお参りすると美女を授かるという伝承はほんまやねえ。亡くした娘の代わりにこんな別嬪さんと可愛い女の子がきてくれました。ねえ？　あなた」

「ほんま、娘ができて孫が増えて……こんな幸せなことはあらへんわ」

「ツネさんとクラさんに素敵な森小屋を建ててもらって、そこで美羽と暮らしています」

やはり、あの森小屋は立派な住居らしい。

「息子の未来がマダ小さくて子育てがたいへんでしたが、ミナさんのおかげでトテモ助かりました。未来も妹ができてうれしいね？」

「うん、ハネちゃん好きやー」

「ハネもライくんだいすきー」

なんとも美しい家族愛ではないか。

誰だ？　化粧水の利権欲しさに顔を焼いて監禁するだの、人質だった幼女を殺すだのとエグイことを考えやがったのは。

「ま、結果オーライですね。天女はようやく心慰められる土地に辿り着き、かわいい娘とともに新しい家族を得て、化粧水作りをしながら末永く幸せに暮らしましたとさ。めでたし、めでたし」

話をメたところで、おつかいに出していた先生が戻ってきた。

「さあ、マオくんご所望のヨモギですよ。新鮮なうちにお食べなさい」

わたしに差し出したビニール袋を取りあげ、クラウスが首を横に振る。

「センセイ、ダメダメ。コチラはトリカブト。スコシだけヨモギに似ていますが、食べると死んでしまいます」

貴様、わたしを殺す気か？

「先生の推理によって謎はすべて解けました。『羽衣ロッジ』のご家族も全員紹介していただいたことですし、わたしは頭痛がぶり返してきましたので、ここは一旦ドロンさせていただき、出立まで部屋で寝ます」

初対面の美奈子と美羽の姿に目を瞬かせている注意力散漫殺人未遂男をその場に残し、わたしは自分の客室に引き揚げたのだった。

「しかし、わからないんですよねえ……昨夜の田沼夫妻の会話が」

京都縦貫自動車道を南へひた走りながら、運転席のポンコツ探偵が首を捻《ひね》る。わたしはもちろん、後部座席でクッションを背に寝そべり、足にはブランケット。ストローでスポーツドリンクを啜りながら優雅に野草図鑑を鑑賞しているというお姫様待遇である。

「これから起こる騒ぎに備えて未来くんが起きないように雨戸を閉め、エリさんはあっちであの子……つまり、森小屋で美羽ちゃんの面倒を看るってことだったんです」

「問題はその後の不穏な会話です」

「先生、野草図鑑を読んでいませんね？」

「図鑑は読むものではなく、見るものです。マオくん、車の中で読書すると酔いますよ」

わたしは素直に図鑑を胸に伏せ置いた。

「先生は、落語の『半殺し』の話をご存知ですか？」

「一夜の宿を借りた旅人が、夜にそこの夫婦が『明日は半殺しにしようか皆殺しにしようか、手打ちもいいな』と相談しているのを耳にして怖くなって逃げてしまうが、それは牡丹餅かおはぎか、手打ちうどんも出そうかという朝食の相談だったという話ですね？」

「あのですね、アイコに手を出して刺されたのは、ツネさんじゃなくて未来くんだったんですよ。ほら、あの子、絆創膏だらけだったじゃないですか」

「……はあ」

「野草図鑑によれば、アイコってイラクサの別名らしいです。棘《とげ》があって刺されると蕁麻疹《じんましん》になるけど、葉が若くて軟らかいうちはおひたしにして食べられるそうなので、未来くんがお手伝いのつもりで摘んで来たんでしょう。コワイは硬いということで、ツネさんが包丁で叩いて軟らかくしようとしたけれど、使い物にならないので、せっかく摘んできた未来くんには見つからないように棄てたんです。マユミもキノシタも野草で、白和えやゴマ和え、天ぷらにして食べられます。やったというのは殺したんじゃなくて人にあげたという意味で、少量のキノシタだけ残しておいても仕方がないから始末して冷蔵庫をスッキリさせようということだったみたいですよ」

「なるほど」

「大体、あんなに人の好《よ》さそうな田沼夫妻が羽衣伝説の天女を追い出した老夫婦みたいに極悪な真似をする筈がないじゃないですか。思うに、先生は人を見る目がおありでない」

「マオくん、人は見た目ではわからぬものですよ。そしてその言葉はそっくりお返ししましょう。昨夕、つらい身の上話をする好みのイケメンに随分同情的でしたねえ。

肩を叩いて励まし、酒を分かち合い……しかしどうです？　樹下氏こそが、諸悪の根源の嘘つきDVストーカー男だったわけです。これだから、面食いという人種は困りものですね。親身になって捜索に協力して妻子と引き合わせる結果になっていたら『悪気がなかった』では済まないところですよ？」

「へぇへぇ。悪うございました」

素直に謝ったが、アイピローを出そうと鞄を引き寄せたらお土産にもらったヨモギクッキーの袋が目に留まり、怒りがふつふつと甦《よみがえ》ってきた。

「先生こそ、わたしがトリカブトを食べて死んでいたら『悪気がなかった』では済まないところですよ？」

「うっ……それはなんとも申し訳ない間違いを犯したと反省している次第です」

「まあ、わたしは心の広ーい人間なので赦して差し上げます。次のパーキングに着いたら起こしてくださいね」

「はいはい。ゆっくりおやすみなさい」

なんだかんだ言っても、わたしは編集者として担当作家・夜光蛍一郎先生を敬愛している し、鈴木一郎太氏の人間性を全面的に信頼している。非常識な偏食で注意力散漫で空気が読めず無神経で屁理屈をこねる大人気ない老眼の面倒くさい勘違い四十男であるにもかかわらず……だ。
自分の懐の深さに感動しつつ、目を閉じた。
敏腕編集者黒木真央は、今日も絶好調なのである。

敏腕編集者の京都案内④

はみだし

丹後ちりめんや冬場のカニ料理で有名な京丹後には『羽衣天女』のほかにも、ロマンあふれる姫伝説の地があり、各地に史跡や資料館などが点在しています。美しき『丹後七姫』を巡る旅に出てみませんか？

浦島太郎《うらしまたろう》に玉手箱を贈った『乙姫《おとひめ》』、古代丹後王国の豪族で日本武尊《やまとたけるのみこと》の曾《そう》祖母にあたるとされる『川上摩須郎女《かわかみのますのいらつめ》』、自らの名を間人《たいざ》の地に与えた聖徳太子《しょうとくたいし》の母『間人《はしうど》皇后』、六歌仙のひとりで絶世の美女と称された『小野小町《おののこまち》』、明智光秀《あけちみつひで》の三女で切支丹だった『細川《ほそかわ》ガラシャ』、源義経《みなもとのよしつね》に愛された薄幸の白拍子『静御前《しずかごぜん》』、山椒大夫《さんしょうだゆう》から弟の厨子《ずし》王《おう》を逃がし、非業の死を遂げた姉『安寿《あんじゅ》姫』。

…………ん？　夜光先生、ミステリです。丹後七姫が八人います！

第五話　河原左大臣

愛の歌留多《カルタ》が詠み人を待つ

バレンタインデーも近い二月初旬。わたしは自治会で年に二度回ってくるゴミ当番を務めるため、村の集会所を訪れていた。

「花見小路《はなみこうじ》の『定家《ていか》』で王朝御膳ですか。湯豆腐のひとり鍋もついていて……豪華でおいしそう。いいなあ」

ネットの『美味ログ』で調べた評価を見ながら羨ましがっていると、ちゃぶ台前でオムライスにケチャップをかけていた先生が顔を上げて宣う。

「それはまた、マゾヒスティックな食事嗜好《しこう》ですね、マオくん」

「は？」

「猫も杓子《しゃくし》も冬場の京都＝湯豆腐が通という考えは如何なものか。真に豆腐を味わいたいのであれば冷奴《ひややっこ》を食べればいいのです。煮え滾る塊を口に入れても舌を火傷するばかりでろくに味などわからないでしょうに。更に嚥下《えんげ》した熱々豆腐が通過していく食道の痛みにまで耐えるとは、なんの罰ゲームでしょう。僕は湯豆腐を食べる人の気が知れません」

これから食事をしに行くのにオムライスを食べる人のほうが、よほど気が知れません。

わたしは心の中で突っ込んでから、傍らで新聞を広げている蘭堂警部の前にコーヒーを置いた。

「それにしても、昨年世界の歌姫シニョーラ・ナナが訪れて自らのブログで京町家の風情と京料理を絶賛して以来テレビや雑誌に大きく取り上げられている注目度No.1の人気店なのに、よく予約が取れましたね」

「メンバーの一人に京洛日報の女性記者がいましてね、以前取材をしたよしみで融通して貰《もら》えたようです……ありがとう」

今日は先生の大学時代のミステリ研究会仲間が久しぶりに集まる。祇園で会食するということで、蘭堂警部は先生の車に同乗するため集会所まで来ている。現在、京料理を出されてもなにひとつ食べられないであろう偏食作家の事前夕飯が済むのを待ってもらっているところだ。

「京都府警の警部に推理作家に新聞記者だなんて、錚々《そうそう》たる人々を輩出しているミステリ研究会ですね。ほかにはどんな方が？」

蘭堂警部は持参した新聞を畳んでちゃぶ台横に置き、ソーサーから持ち上げたカップのコーヒーを一口啜った。

「今回集まる六人の中では、民生党代議士の江ノ木信夫《えのきのぶお》氏が一番の先輩です」

「え？　イケメンゆえに女性からの支持が絶大で、演説に来るといえば党派も政策も関係なく駅前が信夫様ファンで埋め尽くされてしまうという、あの江ノ木氏ですか？　うわあ、大物！」

「ご本人は芸能人的扱いをされるのが不本意なようですがね。まあ、人気はあるに越したことはないですし、一昨年にはとうとうご結婚されて、アイドルに対するような熱狂ぶりも落ち着いてきたようですね」

「でも、そういうときが一番危険ですよ。ほら、うっかり不倫路上キスの現場を撮られて女性からの支持を一気に失った共栄党代議士がいたじゃないですか。ハニートラップには気をつけないと」

「ははは、用心するよう江ノ木先輩にお伝えしておきましょう。それから、年齢順でいけばお次は我らが推理作家・夜光蛍一郎先生こと鈴木一郎太先輩です」

「蘭堂くん、僕は永遠のハタチなのでお気遣いなく。末席で構いませんよ」

口の端にケチャップをつけて言う四十男に「なにが永遠のハタチですか。二度目の成人式を機に、先生はいい加減、著者近影写真を歳相応なものに撮り直してミステリ界の帝王らしくどっしりなさってください」と苦言を呈して、また蘭堂警部に向き直る。

「ほかには？」

「更に一学年下がタレントの皆川《みながわ》徹《とおる》氏です」

「元お笑いコンビ『光《ひか》る君《きみ》』一号の？」

「いえ、スキンヘッドじゃない二号のほうですよ」

「あら？　皆川さんのほうが活躍されているから、てっきり一号だったと勘違いしていました。バラエティ番組や舞台の演出を手がけたり、最近では面白コメンテーターとして情報番組に出たりとマルチな才能を発揮されている方ですよね。それから、ほかにはどんなすごい方が？」

次々と出てくる有名人の名前に興奮して続きを促すわたしに、蘭堂警部は苦笑を返した。

「そんなに目を輝かされても、あとはもう一学年下の自分と、店の予約をしてくれた女性記者の福島《ふくしま》文恵《ふみえ》、芦屋《あしや》に住む主婦の染谷《そめや》夕子《ゆうこ》で計六人ですよ」

「いえいえ、警部も新聞記者もすごいお仕事です。それに高級住宅地芦屋にお住まいの主婦というのも、人生の勝ち組のにおいがプンプンします」

「ははは……」

それから蘭堂警部としばし歓談していると、カチャリ、とスプーンを置く音が響いた。

「ごちそうさま。そしてお待たせしました。では、懐かしの宴へと参りましょうか、蘭堂くん」

食事を終えて立ち上がった先生にコートを手渡し、集会所前に停めてある先生の車を見送りに出る。作家・夜光蛍一郎の生活サポートを仕事とするわたしが運転手を務めようと申し出たのだが、先生は酒を飲まないので帰りも自分で運転できるということで、お役御免となった。

「では、楽しんできてください。いってらっしゃいませ」

1

軽く夕食を摂って部屋の掃除を済ませたあとは、座布団に肘をついて寝そべり、蘭堂警部が残して行った今日の新聞に目を通した。しかし、いつの間にか居眠りをしてしまっていたようで、携帯電話の着信音で目が覚めた。わたしは寝たまま腕を伸ばして鞄を引き寄せ、画面上に出ている『夜光先生』の文字を確認して通話ボタンを押す。

「はい、黒木です」

「すみません、蘭堂です」

「あら、蘭堂警部……」

掛け時計に目を遣れば、時刻はまだ七時過ぎである。なんとなく電波向こうの状況を予想しつつ「どうされましたか？」と訊ねてみた。

「実は、たったいま、先輩がウーロン茶と間違えてウイスキーの水割りを飲んでしまいまして……」

やはりやってしまったか、注意力散漫男よ。

「わかりました。お迎えに上がります」

わたしは通話を切るとすぐに支度を整えて駅へ向かった。洛中まではちょっとした旅だ。七時四十分発のJR関西本線で村を出、加茂と木津で乗り換え、京都駅から車を拾って、祇園・花見小路入口でタクシーを降りたのは十時少し前。店の玄関で予約者の名を告げ、客室係の美人仲居に案内されて中庭に面した細長い廊下を進む。

「話は尽きませんが、これから京都駅十時四十六分発ののぞみ最終便で名古屋へ向かわねばなりませんので、お先に失礼します」

ちょうど江ノ木代議士が迎えの秘書とともにいとまを告げて個室を出てきたところに遭遇した。廊下をすれ違いざま、足を止め身体を横に向けて道を譲ると、わたしのような小娘にも深々と頭を下げて「ご親切にありがとうございます」と、輝く笑顔を放ってから去っていく。

大人の色気漂う落ち着いた物腰。四十男はああでなくては！

うっとりと背中を見送っていると、美人仲居が障子戸を開けて「お迎えの方がみえました」と告げた。

通された座敷では、壁際に集まった四人が狩野探幽《かのうたんゆう》筆の額装前で写真撮影をしているところだった。

「黒木さん、遠いところを申し訳ない」

蘭堂警部はやたら恐縮しているが、彼に罪はない。悪いのは座卓に足を突っ込んだまま、自分のコートを枕に寝こけている飲酒昏倒男である。鼻を抓《つ》まんでやろう。

「ほら、起きてください先生。帰りますよ」

「あらまあ！　鈴木先輩の彼女って、ほんとに若いお嬢さんなのねえ。たしか、江ノ木先輩の奥さんも一回り以上年下でしょう？　あーあ。ただでさえ年回りの合う男は殆《ほとん》ど既婚者なのに、残っている数少ない独身成功者を若い子が持っていってしまうのだから、わたしみたいなアラフォー独身女には結婚への夢も希望もなくなるわけよねえ」

ボーイッシュな外見の女性記者が嘆く。

じゃあこの面倒くさい独身成功者、持っていかずにここに置いて帰っていいですか……と、言い返したいのをグッと堪えて「彼女ではありません」と笑顔を引き攣らせていると、皆川徹が文恵の肩を抱いて笑った。

「文恵は高給取りなんやから、これから可愛い新米記者でも捕まえて、男女逆転年の差婚をしたらええんや。夢も希望も大ありやないか。失敗したのは俺やで。まだ独身やったら二十代の女優や女子アナと結婚できたのになあ。駆け出し芸人の頃、ひもじさに負けて食わせてくれる年上女とくっついたばかりに、成功したいまでも凶暴な皺くちゃ古女房に頭が上がらへんとは……泣けてくるわ」

「ふん、東京の情婦に大阪の愛人、名古屋の彼女に神戸の恋人を持つ元『光る君』のモテ担当がよく仰いますこと。キャバ嬢と密会だのグラドルとお泊まり愛だの、週刊誌を賑《にぎ》わせて、やりたい放題してこられたくせに」

「阿呆《あほ》言うなや。東京や大阪がどうのというのはお笑いのネタやし、週刊誌の記事なんか、真実を追求する新聞とは違うて半分はでっちあげやぞ」

「まぁ、イヤだ。じゃあ、半分も真実だったってことですかぁ？　皆川先輩のお盛んな噂とお笑いネタのせいで、主人から『神戸の恋人っておまえじゃないのか』と疑われて迷惑したこともあるんですよぉ？」

　傍らにいた小柄でフェミニンな服装の芦屋主婦が頬を膨らませて抗議する。

　そこへタイミングよく……いや、悪く「お迎えの方がみえました」と障子戸が開き、廊下で話を聞いていたらしい長身女性が「おばんです。結婚に失敗したやりたい放題男の凶暴な皺くちゃ古女房が迎えにきましたえ」と入ってきた。

「おお、葵《あおい》。冗談やがな。俺にいるのは京都の愛妻だけやで。ほれ、迎えにきてくれた恋女房に、ちゃんと土産も買《こ》うといた」

　皆川は慌てて文恵から離れ、妻の葵に縮緬《ちりめん》の風呂敷包みを差し出す。

「まあ、気色の悪いこと。あんたが頼んでもないのにものをくれるやなんて、またなにかやましいことでもしたのかと疑うてしまうわ」

　葵は眉間に皺を刻んだ険しい表情で座卓に置かれた風呂敷包みの結び目を解いたが、中から現れた美しい蒔絵《まきえ》箱を目にして「綺麗《きれい》やね」と口元をほころばせた。

「素敵！」

「まぁ、雅ですこと」

文恵と夕子も感嘆の声をあげて眺める。

襖《ふすま》や屏風《びょうぶ》などに和歌をしたためた室内装飾が施されたこの店は、待合席にも百人一首が置かれ、誰でも気軽に手にとって雅な遊びを楽しめるようになっている。また、受付横の一角で縮緬の風呂敷にラッピングされた蒔絵箱入り『定家』オリジナル百人一首セットも販売されている。

「黒木さんもどうぞ。先輩からですよ」

風呂敷包みを渡され、わたしは眠れる四十男と蘭堂警部を交互に見た。先生からだなんて絶対に嘘だ。蘭堂警部が気を利かせたに決まっている。

「わあ、ありがとうございます」

ともあれ、どちらからでも嬉しい気持ちは変わらないので素直に感謝を口にした。

「いいなあ。買ってくれる男のいないわたしは、自分にプレゼントしようっと」

「待ってぇ、文恵。あたしも買いに行く。じゃあ、あたしたち、先に玄関口へ出て待っていますね」

文恵と夕子が障子戸を開けて廊下へ出、夫の用意した土産にすっかり機嫌をよくした葵も風呂敷を包み直して胸に抱えた。

「うちらも帰るえ。なにをボンヤリしているの。お嬢さんに男はんを担がせるつもりか？　あんたがパーキングまでそちらの先輩に肩を貸すに決まっているやないの」

葵がてきぱきと指示を出し、蘭堂警部と反対側の肩を担いで飲酒昏倒男を車へ運ぶ役割を夫に振り分ける。

わたしも風呂敷包みを胸に抱え、先生のコートとそのうしろに立ててあった紙袋、向かいの下座側席に残っていた蘭堂警部の紙袋を手に持った。

「ほれ、あんたも荷物を寄越しよし。あら、この紙袋って……」

「ああ、それは染谷が全員にくれた土産や。神戸の有名菓子らしいぞ」

「これ、テレビで見て食べたいと思うていたんよ。嬉しいわあ……ん？」

ますます上機嫌になった葵が紙袋から菓子箱を引き出した拍子に、中から金箔を貼った厚紙が一枚、畳の上にポトリ、と落ちた。

「……なんや？」

葵が拾いあげたのは、一枚だけはぐれた百人一首の絵札。

「『陸奥《みちのく》のしのぶもぢずり誰ゆゑに乱れそめにしわれならなくに』……詠み人の河原《かわらの》左大臣《さだいじん》は『源氏《げんじ》物語』の光源氏のモデルとも云われている源融《みなもとのとおる》の呼び名やなあ。うちかてそのくらいのことは知っているえ。つまり、これは『光る君』のあんたに宛てた恋の歌や。百人一首の絵札で想いを伝えるとは、雅な遊びやこと。ほれほれ、裏には「アケムツマツ」と手書きのメッセージまであるやないの。遊び相手とふたりだけに通じる秘密の合言葉か？」

「………へ？」

ボールペン文字で記された裏面をポカン、と口を半開きにしている皆川の顔前に突きつけ、葵は首を傾げてにっこりと微笑んだ。

「性懲りもなく、まぁた浮気かぁぁ！」

表情とそぐわぬドスの利いた怒鳴り声に怖れ慄《おのの》いた皆川は、先生担ぎの任務を放棄して廊下へ逃げ走る。

「ちょっ、ちょっと待ってくれ葵！　俺にはなんのことかさっぱり……」

「浮気相手はこの菓子を持ってきた染谷とかいう後輩か！」

畳に投げつけた菓子箱を踏み潰して廊下の夫を追い、捕まえた襟首を乱暴に引き倒した葵は、更に問い詰める。

「それとも、親密そうに肩を組んでいた福島とかいう女記者のほうか！」

閉店時間を迎えた店では、ほかの部屋の客たちも帰り支度を整えて出ようとしているところだった。皆、何事かと障子戸を開けたまま、突如起こった廊下での騒ぎに注目している。

そこへ、購入した風呂敷包みを抱えた文恵と夕子が『定家』の女将《おかみ》とともに廊下を戻ってきた。

「なかなか出て来られないから……」

「あらまぁ、なんの騒ぎですかぁ？」

「お客様、如何なさいましたか？」

女将は皆川に馬乗りになっている葵の横に跪《ひざまず》き、穏やかな声でそっと訊ねた。

「お騒がせして堪忍え。どこぞの女が、ここの百人一首を使うてうちの亭主と秘密のやりとりをしていますのや。浮気の芽は早いうちに摘まなアカンさかい、即刻犯人を炙《あぶ》り出してやろうと思いましてねえ」

河原左大臣の絵札が廊下に叩きつけられる。

問題の百人一首が自分の渡した紙袋から出てきたと聞いた夕子は顔色を変え、首を横に振った。

「和歌なんて知りませんよぉ。そんなの、あたしは入れていません！」

「わたしも断じて犯人ではありません。先輩が気安く肩を組んでこられるのは、わたしを女だと思っておられないからです。浮気なんてとんでもない！」

仲を疑われた文恵も激しく否定する。

「無実や、俺は潔白や！　これはなにかの間違いや！」

葵は自分の尻の下で亀の如く手足をばたつかせている夫の衣服を探り、ポケットから携帯電話を抜いてチェックをはじめた。

「へええ……『今日は憧れの皆ぴょんと会えてシアワセ！　チュウが激しすぎてしのぶ、乱されちゃった。危うくお仕事に戻れないところだったよ。着物が二部式でヨカッタ（笑）またいっぱいチュウしようね。連絡、待ってまーす♡』とは、楽しそうやこと。浮気相手はここの仲居やったか。しのぶさんて、どの子ぉえ？　返事しよし！」

葵がメールを読み上げて周囲を見回すと、狭い廊下に並んで遠巻きに騒ぎを眺めていた従業員の中のひとりが「チッ」と舌打ちをした。

客室係の女性従業員は皆、二部式着物を身につけている。不貞腐《ふてくさ》れた態度で「はぁい」と前へ出たのは、わたしを案内してくれた美人仲居だった。

「……ってか、すっごい鬼嫁。ウケるわ」

「仲居にいかがわしいお仕事をさせるために『定家』のお着物は二部式なんですか？　女将さん。会食にきた客に娼婦《しょうふ》の斡旋《あっせん》までしてはるとは、まあ、ご立派な飲食店やこと！　風俗営業の許可もちゃんと取ってはる？」

葵から笑っていない笑顔を向けられた女将は「従業員の教育が行き届きませず、申し訳ございません」と指をついて頭を下げ、奥から走り出てきた男性も「わたくし、この店の主人の桃園誠一《ももぞのせいいち》と申します。当方の従業員の不始末、お詫《わ》び申し上げます！」とその横に土下座をする。

見かねた蘭堂警部が「皆川さん、どうか落ち着いてください。これ以上騒ぐと業務妨害の罪に該当するおそれもありますよ」と葵を宥め、残っていたほかの客たちを帰してから話し合うことになった。

「しのぶちゃん、仕事中にお客様となにをしているの！　しかもあなた、お酒を飲んでいるのんか？」

改めて女将に叱責されたしのぶは「下げたボトルや徳利に高いお酒が残っていたんだもの、勿体ないいじゃない。そんなのあたしだけじゃなく、従業員みんながやっていることよ」と笑った。

「ここの仲居は皆、酒を飲んで客を誘惑しはるの。ふん、おそれ入谷《いりや》の鬼子母神《きしもじん》やねえ」

葵が呆れて鼻を鳴らす。

「誘惑？　あたしはただお手洗いに案内するときに『ファンです』と握手を求めただけで、誘ってきたのは皆川さんのほうよ。新番組のアシスタントに綺麗な子を探していたから推薦したいと言われたの。あたしも芸能界に興味があったし、連絡用にアドレスを交換して……まあ、ノリでキスはしたけど、浮気なんて騒ぐほどご大層な事件でもないでしょ？　それに、百人一首の絵札を忍ばせたのがあたしのわけないじゃない。鬼嫁が目を吊り上げて探している犯人は、どう考えてもこっちのオバさんよ」

「失礼ねぇ！　なにを根拠にそんなことを？」

しのぶに指を突きつけられた夕子は大いに憤慨する。

「だって、絵札はこの人が配った紙袋に入っていたんでしょ？　いい年こいてヒラヒラの服なんか着ちゃって、いかにもそういうことをやりそうな感じの乙女オバさん。それに、そっちのオジさんみたいな新聞記者は、皆川さんじゃなくて桃園さんの不倫相手だしね。まあ、両方にコナをかけている可能性もあるけどさ」

「はあ？　誰が誰と不倫ですって？　事実無根よ。この子、頭がおかしいわね！」

突如『定家』主人との不倫疑惑をかけられた文恵が声を荒げる。

「だって、二人で何度も密会しているの、知っているんだから。今日も記者オバさんのおねだりでVIP用の予備室を融通したのよねえ？　桃園さんったら、この間まで『しのぶちゃん、しのぶちゃん』って、あたし一筋だったのに……ムカツク」

「小泉《こいずみ》くん、でまかせもいい加減にしないか。福島さんとは『定家』の新聞広告の件でお会いしているだけで、朝香《あさか》も承知の仕事だ」

「しのぶちゃん、酔っ払いがしょうもない嘘ばっかり言うてんと、とにかくここに座って、お客様方に失礼を謝罪なさい」

女将の朝香が自らの座る畳の横を叩いてしのぶを窘めた。

「はあ？ 問題が百人一首なら、失礼を謝罪するのは鬼嫁でしょ？ あたしは無実なのに大勢の客やほかの従業員の前で娼婦呼ばわりされたのよ。恥ずかしくてしばらくは勤められやしない。女将さん、明日からひと月ほど有休を貰いますね。さてと、就業時間はとっくに過ぎていることだし、帰ります。今日の分の時間外手当もきっちり振込んでくださいね。お疲れさまでしたー」

「これ、しのぶちゃん！」

言いたい放題に毒を吐いたしのぶは引き留める女将の手を振り払い、部屋を出て行く。

「か、堪忍やで葵。チュウは酔っ払った上でのちょっとした出来心で、ほんまに浮気なんかする気はこれっぽっちも……」

「…………」

誰もなにも言えずにいる気まずい沈黙の中、葵は「死んでしまえ！」と、蒔絵箱で夫の顔面を殴打し、そのまま風呂式包みだけを手に去ってしまったのだった。

2

「そこを右に曲がって……あの家ですわ」

「わあ……すごい豪邸ですね」

近くのバーで気分直しの二次会をするという文恵・夕子の女子組と別れ、帰る足のなくなった皆川徹を助手席に同乗させて銀閣寺《ぎんかくじ》近くの自宅まで送る。車庫に皆川家の車はなく、葵はまだ帰っていないようだ。

途中、目を覚ました先生が酒と車のW酔いに苦しんでいたので、仕方なく一旦車を降り、皆川邸でしばらく休憩してから再出発することとなった。

「ほな、ソファに横になってもろうて……毛布はどこやったかいな。京都の家にはなかなか帰らへんさかい、葵がおらんと何所《どこ》になにがあるのかさっぱり……」

「ああ、これで結構ですよ。新聞紙は優秀な防寒対策グッズです」

先生は硝子テーブルにあった朝刊を広げて自らに掛け、アームレストを枕に長々と横たわった。

面倒くさいポンコツ先輩を浮気タンコブ先輩の家に一晩預けて、わたしたちだけで帰りませんか？　と、蘭堂警部に提案してみようかやめようか……悩みつつ、ダイニングで出されたコーヒーをブラックのまま啜る。

「渋い顔をしはって……お嬢さん、さぞかし俺のことを『不倫なんて不潔よ、幻滅だわ！』とか思うてはるのやろうなあ」

皆川はわたしの顔を覗き込んで「若い女の子に嫌われるのはつらい」とため息を吐いた。

「いいえ、それは誤解です」

もとより幻想を抱いていないものには幻滅しようもありませんので。

「そうや、あれは誤解やで。仲居とのことは酔うたうえでの衝突事故みたいなもんやし、百人一首の絵札は俺に懸想《けそう》した誰かが勝手に忍ばせた恋文やさかい、不可抗力やろ？　俺は無実で潔白なんや。なんも悪うないのにタンコブを腫らすほど鬼嫁に殴られるやなんて、お嬢さんはかわいそうな皆ぴょんを慰めてあげたいと思いませんか？」

思うわけがなかろう。

「皆川先輩、黒木さんにまでちょっかいを出したら逮捕しますよ。まったく……ほんとうにその和歌の送り主にお心当たりがないのですね？」

蘭堂警部に窘められた皆川は、手にした絵札を眺めて首を傾げる。

「うーん。染谷から渡された菓子の紙袋に入っていたということは、染谷かなあ。それにしても和歌とは……しのぶもぢずり？　古典オンチの俺にはからきし意味がわからん。蘭堂、わかるか？」

「確か、しのぶ文字摺りは福島県信夫《しのぶ》地方の技法で忍草を使って染めたと由来が云われる乱れ模様の摺《す》り衣のことで、和歌は誰のせいでそのように心が乱れはじめてしまったのか、わたしのせいではないのに。ほかならぬあなたのせいですよ……という意味だったと」

「ほほう。ほな、やっぱり染谷や。チカチカする乱れ模様のヒラヒラ服を着とったからな。それに、自分だけが平凡な主婦になってつまらんと、しきりに愚痴ってよった。久しぶりに会うた俺の芸能人オーラに心乱され、刺激的なアバンチュールを楽しみたくなってしもうたに違いない。ところで……蘭堂、アケムツマツというのはどこの松や？　宮本武蔵《みやもとむさし》が決闘したと伝わる一乗寺《いちじょうじ》の下り松みたいな京の名所か？」

「いえ、場所ではなく明け六つ……つまり『午前六時に待つ』という意味だと思いますが」

「はあ？　朝も早うから何処で待っているつもりや。それとも、ただ連絡を待つという意味なんかな？　まあええ。明日の朝六時に染谷の携帯に電話してみるわ。あ、下心なんかないぞ。俺は二十代の子としか浮気せえへん主義やさかい諦めろときっぱり断って、旦那を大事にせえと諭してやるつもりや」

「ですが、紙袋に絵札を入れたのが染谷と決まったわけでは……」

朝っぱらから電話をしてきたどうでもいい先輩からトンチンカンな説教をされたら、相手はたまったものではなかろう。

しかし、蘭堂警部の危惧を一蹴し、皆川は「百パーセント間違いない」と断言する。

「思えば、染谷は学生の頃から俺が好きやった節がある。バレンタインにリボンをかけたボールペンをくれたこともあったし……二十年近くもずっと叶わぬ恋心を秘めてきたとは、せつない話や。俺は無実で潔白やけど、ある意味罪な男かも知れん」

「皆川くんは稀に見る勘違い男ですね」

突然、リビングのソファを占領してのびていた先生が起き上がった。

「その昔、リボンをかけたボールペンなら僕も貰いましたよ。しかし、本命の江ノ木先輩にだけは、当時なかなか手に入らなかった左利き用特注文具セットを贈っているのを見ました。よって、染谷くんが学生時代想いを寄せていたのは皆川くんではありません。紙袋に河原左大臣を忍ばせた犯人は染谷くんではないでしょう。僕の黄金の脳細胞が導き出したのは、別の人物です」

「おお……ずっと寝てはったのに、和歌の送り主が誰かわかってはるとは！」

「さすがは天下に名立たる推理の専門家！」

二人の後輩に身を乗り出して「それは誰です？」と訊かれ、先生は「それは……」

と、足下に新聞紙を落として立ち上がった。

「お……」

「お？」

「……お手洗いはどこでしょう」

まったく、しまらない先輩だ。

「はいはい、お供しますよ」

手洗いの位置を聞いたわたしは先生に付き添い、廊下を進んで皆川邸の広い洗面所に入った。

「それで、絵札の送り主は仲居の小泉しのぶさんともうひとりの後輩である福島文恵さん、どちらだとお考えですか？」

風呂場横にある籐《とう》製スツールに腰掛けて個室の先生が出てくるのを待ちながら、生存確認のために話しかける。

「福島くんです」

「して、その根拠は？　まさか、和歌に詠まれている陸奥が福島県だから福島さん……なんて、安易なことは仰いませんよね？」

「それだけではありませんよ。僕は京洛日報を購読していましてね、福島くんが担当している『京の歴史よもやま』コーナーは京都ミステリの舞台を考える参考になるので、切り抜いてファイルしています。折りしも今日の朝刊記事は六条河原院《かわらのいん》の紹介でした。嵯峨《さが》天皇の皇子であった源融は、奥州塩釜《しおがま》を模した庭を造るなど、風雅で広大な自邸に住まい、そこから河原左大臣の異名がついたのです。いまでは邸の跡形もありませんが、木屋町《きやまち》五条には、かつて河原院内にあった森の名残《なご》りとされる老木の傍らに『河原院址』の石碑が立っていますよ」

「じゃあ『明け六つに河原院址で待つ』ということですか」

「更に、河原左大臣の和歌は百人一首の第十四番ですから、日付指定は今月十四日のバレンタインデーではないかと推察されます」

「うーん。難しい暗号だなあ……実際、肝心の皆川さんに全然通じていませんし、葵さんに見つからなくても大失敗のお誘いでしたね」

「福島くんは自分の記事を読んだ皆川くんが和歌の意図に気づいてくれると信じてい

たのでしょう。皆川くんは『いつも文恵の記事に注目している』などと適当なことを言っていましたから。しかし、こちらのお宅にあったのは全国的にメジャーな日東新聞でした」

「そういえば、蘭堂警部がご自宅から持ってこられたのも日東新聞でしたよ。後輩や同級生が新聞社に勤めているなら、購読してあげればいいのに。義理堅いのは先生だけですね」

「京洛日報は地方紙ですから生活圏の異なる江ノ木先輩や染谷くんにはあまり関係がありませんし、皆川くんと蘭堂くんも以前はとっていたはずですが、家計を預かる妻が『もういらない』と購読の解約を決定すれば黙って従わざるを得ないのが、彼ら恐妻家のつらいところなのですよ」

「まあ……奥さんは福島さんになんの義理もありませんものね」

と、いうことは蘭堂警部の奥さんも鬼嫁？　と意外な新情報に驚いているところに、件の恐妻家警部が「たいへんです！」と血相を変えて駆け込んできた。

「先ほどの仲居が『定家』の従業員駐車場で遺体となって発見されたと連絡が！」

「あの美人仲居が？　殺人事件ですか？」

わたしはスツールから腰を浮かせた。

「自らの車のヘッドレストにスカーフをかけて首を吊っていたと。自殺か他殺か、詳しいことは京都府警の捜査員が調べているところだそうです。店から予約者の福島の携帯に所在地確認の電話があり、近くで飲んでいた二人は事情説明のため『定家』に戻っているとか。いま、皆川先輩には奥さんと連絡をとってもらっていますが、携帯の電源を切っているらしく繋がりません」

殺人事件であれば、真っ先に疑われるのは直前にしのぶと揉めた葵ということになる。

「わかりました。わたしたちも『定家』に戻りましょう。でも先生はこの状態ですし、どうせずっと意識がなかったのだから事情聴取の役には立ちませんよ。ここに置いて行きましょう、そうしましょう」

わたしは個室のドアを指して蘭堂警部に提案した。これは死亡者の出ている事件であり、仲間内で和歌の送り主を言い当てるのとはわけが違う。迂闊に連れて行ったポンコツ探偵に「自殺です」だの「他殺で犯人は〇〇です」だの、フォローのしようもないヘッポコ推理を披露されたら、目も当てられない。

ところが、呻き声とともにドアが滑り開き、個室からゾンビ化した四十男が這い出てきた。

「行かねば……名探偵の使命を果たしに」

「そうですとも。先輩の黄金の脳細胞なくして事件の解決はあり得ません。京の平安を護《まも》るため、負ぶってでもお連れします！」

オイオイ、こんな酩酊《めいてい》ゾンビに京の平安を託してどうする、京都府警。

「お任せください、蘭堂くん。僕の推理でまたもやスピード解決ですよ」

ならば、仕方がない。現場でゾンビがなにか言いはじめたら、みぞおちに拳を叩き込んで黙らせるとしよう。

「せせせ、先輩、葵は犯人とちゃいますよね？　それとも、俺を愛するあまり嫉妬にかられてやってしもうたのかも……？　あぁぁ、アホやなあ……二十代の女の子は時々無性につまみ食いしとうなる安いコンビニスイーツみたいなモンやのに。癒されるけど無くても生きていけるし、食い過ぎたらアカンのも重々承知しとるがな。対して、女房は無くてはならない白米や。ほんまに愛しているのは葵だけに決まっとるのやから、白米はどっしり構えていてくれたらええのに、なんでわかってくれへんのや……ああ、何処におるんや、葵ぃぃぃっ！」

洗面所を出て廊下を進むと、玄関口では左右違う靴を履いた皆川がパニックを起こしつつ、蒔絵箱で後頭部からも殴ってやりたい衝動に駆られるふざけた持論を喚いていた。

「はいはい、とっとと車に乗ってください」

ああ。この四十男トリオ……実にまったく、面倒くさい。

3

「あら。蘭堂警部のお姉さんがいらっしゃるかと思いましたが……」

辿り着いた『定家』には紺ジャンパーを着た男性数人と、所轄の祇園分署から臨場した女性捜査員が二人いるだけだった。

「姉の班はおそらく死体発見現場の従業員駐車場で初動捜査中でしょう。亡くなった仲居とひと悶着《もんちゃく》あった客の中にわたしと先輩がいると知ったら、驚くでしょうね」

玄関ロビーの衝立《ついたて》向こうに、女性捜査員のひとりと向き合って座る文恵と夕子が見えた。『定家』主人と女将の桃園夫妻は別室で状況説明をしているらしい。個別に聴き取りをしたいと近づいてきたもうひとりの捜査員にまずは揉め事の中心人物である皆川を引き渡し、わたしと蘭堂警部はぐったりと首を垂れている先生を両側から支えつつ、観葉植物横の細長い木製ベンチに腰をおろして、文恵と夕子の話に耳を欹《そばだ》てた。

文恵は随分と酔っ払っている様子だ。

「あぁ？　何度同じことを訊くんですか。こっちはただでさえ気持ち悪いのに、仲居の気持ちなんて知りませんよ！　せっかく吐き気も治まってトイレで寝ていたところを呼び戻されて、迷惑千万だわ。ねえ？　夕子」

「もう、文恵の気持ちが悪いのは、バーに入るなりテキーラなんて呷るからでしょう。トイレに立ったきり戻ってこないと思ったら、寝ていたの？　まったくぅ……すみません、刑事さん。あとはあたしがお答えしますね。ほら、あなたのカメラを貸しなさいよ」

夕子に窘められた文恵は「これだけは言わせて。とにかく、あの仲居はほんと、稀に見るイヤな子だったわ！」と証言してから、抱えていた一眼レフのデジカメを夕子に預け、椅子の背に凭れて目を閉じた。

「あの方……最初に部屋担当の仲居として女将さんと挨拶に来たときは、綺麗で感じのいいお嬢さんだと思ったのですがねぇ。ほら、この写真を撮ってくれたときです」

夕子にカメラの写真データを示された女性捜査員は首を傾げる。

「端に写っている着物姿の方はこちらの女将の桃園朝香さんですね。座卓には五人しかいらっしゃらない。会食のメンバーは六人だったとお伺いしましたが？」

「ああ、江ノ木先輩は三十分ほど遅れて、七時頃に来られたんです。ええと……これが全員揃ってからの写真です」

「なんと！　もうお一方は江ノ木代議士でしたか。そういえば、この辺りのご出身だそうですものねえ。では、代議士からもお話を伺うことは可能でしょうか？」

「いいえ、江ノ木先輩は騒ぎが起こる前に『定家』を出られて、いまは名古屋へ向かう新幹線の中にいらっしゃるはずです」

「そうですか、残念……じゃなくて、ならば無関係……と。この写真も仲居の小泉しのぶさんが？」

「はい。ひとり鍋の固形燃料に火を点けにきた際に『お撮りしましょうか』と親切に申し出てくれました。ビジネス仕様と本性があんなに違うなんて吃驚《びっくり》です。刑事さん、あたしは揉め事の原因になった百人一首の絵札も、亡くなった仲居さんの仕業だと思っています。和歌を忍ばせるなんていまどきの若い子らしくないようでいて、逆に新しい気がしません？　こういうお店にお勤めなら百人一首にも造詣が深かったでしょうし、彼女には皆川先輩の荷物に近づくチャンスがありましたしねぇ」

「なにかを目撃なさったのですか？」

女性捜査員が手帳にペンを押し当て、俄然身を乗り出す。

「いえ、すみません。ただの憶測です。でも、きっとあの時だわ……九時半頃、彼女と女将さんとで手早く座卓の上を片付けてサービスの水菓子とお茶を置いていってくれました。そのとき、眠っていらっしゃる鈴木先輩以外の全員が座卓を離れていたんです。なにしろ江ノ木先輩や皆川先輩と一緒に写真を撮れる機会なんてそうありませんし、用意して貰ったのがシニョーラ・ナナが訪れたのと同じお部屋だったので、あたしも文恵もマナーそっちのけで浮かれちゃって……蘭堂くんにカメラを押し付けて撮影会をしていました……こんな感じで」

「なるほど。なんとも豪華なショットですね……」

夕子と女性捜査員が写真データに見入っている間に、玄関から鑑識職員とイケメン部下のヤン坊マー坊を引き連れた京都府警本部捜査一課・蘭堂すみれ警部が登場した。

「あら！　百合夫ちゃん？　夜光先生と探偵助手ちゃんまでどうして……えっ？　亡くなった仲居が部屋担当をした会食メンバーの一員なの？　驚き桃の木山椒《さんしょ》の木！じゃあ、この事件はもはや解決したも同然ね。お任せするわ、名探偵！」

オイオイ、丸投げしないで仕事をしてくださいよ、京都府警。

すみれ警部は弟と先生とわたしを特別捜査員として別室に招き入れ、ホイホイとモバイルの現場写真を見せてくれた。

小泉しのぶは運転席のシートに座り、ヘッドレストにかけた大判スカーフで首を吊って絶命している。後部座席には畳んだコートとブランドバッグ、そして大きな風呂敷包み。結び目の隙間から『定家』制服の二部式着物らしき布地が見える。

「車内に百人一首の絵札が落ちていてね……これよ。かの紫式部《むらさきしきぶ》に『おもしろう書きかはしける。されど、けしからぬ方こそあれ』（歌の才はなかなかだが異性関係では感心できぬところがある）と評された恋多き女流歌人の和泉《いずみ》式部」

しのぶの腿《もも》辺りが拡大されて『定家』オリジナル百人一首の一枚が大写しになる。

「『あらざらむこの世のほかの思ひ出に今ひとたびの逢ふこともがな』……死ぬ前にもう一度愛する人に逢いたいという和歌ですね。小泉しのぶは憧れの皆川先輩を本気で奥さんから略奪する気だったのでは？　ところが早々に夢破れて大勢の前で娼婦と罵られました。もう出勤できないと嘆き、こうして制服などの荷物をまとめて持ち出しています。発作的に首吊り自殺をしてもなんら不思議はありません。スカーフも本人のものですよね？　姉さん」

先輩の妻を疑いたくないのだろう。蘭堂警部は自殺の可能性に縋る。

「甘いわね、百合夫ちゃん。ここはやはり、騒動のあとも気が治まらない皆川氏の妻が小泉しのぶを待ち伏せて犯行に及び、自殺に見せかける工作をして現在逃亡中というのが正解じゃないかしら。ね？　夜光先生……あれ？　先生、どちらへ？」

すみれ警部に意見を求められたゾンビは、ぞぞぞ……と畳を這《は》って部屋を出て行こうとしていた。

「ちょっとお手洗いへ」

「あ、ではお供します」

わたしは介抱のために立ち上がり、障子戸を開けて先に廊下へ出た。どうやらみぞおちに拳を叩き込むまでもなく、ゾンビにヘッポコ推理を披露する気力はなさそうだ。

と、油断していたら甘かった。

障子戸を閉ざす直前、ゾンビは室内の蘭堂姉弟警部を振り返り、止める間もなく言い放ったのだった。

「皆川くんの紙袋に絵札を忍ばせた河原左大臣事件と、けしからぬ仲居を殺した和泉式部事件の犯人は同一人物……それが正解です」

「ああ、もう……どうしてあんな適当なことを言っちゃったんですか、先生！」

わたしは頭を抱え、個室のドアを蹴った。

「適当ではありません。福島くんは悪魔の水を飲んで倒れた僕を面白がり、何度も座卓の後ろを回って写真を撮りに来ていました。殺人事件のときは『定家』が借りている従業員駐車場からほど近い雑居ビル内のバーで飲んでいて、しかもひとりでトイレに籠もって寝ていたと言っており、どちらの犯行も可能です」

「殺人の動機はなんです？　和歌を忍ばせて想いを打ち明けた皆川さんに小泉しのぶがちょっかいを出したから？　それだけで？」

「夢うつつで聞いていましたが、福島くんが『定家』主人の桃園誠一と不適切な関係にあったという話が事実ならどうです？」

「はあ。奥さんの女将やみんなの前で不倫をバラされたことを怨んでの犯行ということですか？」

「加えて、けしからぬ仲居は桃園誠一が以前は自分と不適切な関係にあったことを匂わせました」

「そういえばそんな発言もありましたね……って、先生は夢うつつでそこまでヒアリングを？」

もしや、意識がないのをいいことに鼻を抓まんだり、髪を引っ張ったり足蹴にしたりと、いままでぞんざいに扱ってきたこともしっかりカウントされているのか？　今後は迂闊に悪口など口走らないよう気をつけねば……ああ、面倒くさい。

「名探偵たるもの、それぐらいの技はお茶の子さいさいですよ。感動しましたか？」

感動どころか、戦慄したわ。

「ええと……つまり福島さんは、皆川さんのみならず『定家』主人の桃園さんにまでちょっかいを出していたけしからぬ女が赦せなかったと？」

「若くて綺麗だが『稀に見るイヤな子』に、自分の男を二人とも先にお手つきされていたのですから、怒りも倍増でしょう。動機として十分です」

「いやいや、そもそも皆川さんも桃園さんも他人の夫じゃないですか。それを『自分の男』って……まったく道理が通りません」

「いいですか？　マオくん。道理の通った人間ばかりなら、この世に殺人事件など起こりませんよ」

「そりゃそうですけど……福島さんが道理の通らぬ人間だという証拠はなにひとつありませんよね？　皆川さんの荷物に和歌を忍ばせた河原左大臣事件と、けしからぬ仲居を殺害した和泉式部事件が同一犯で、それが福島文恵さんであるという先生のお考えをいまの段階でみんなに披露するのは早計かと」

姉弟警部にヘッポコ推理を聞かれたのは痛いが、なんとか誤魔化そう。先刻の発言をなかったことにするしかない。

ポンコツゾンビ探偵をその場に遺棄して二人のもとへ言い訳に戻ろうとしたら、個室のドアが開いた。

「証拠品がないことを確認すれば、それが証拠品になります」

「……は？」

「けしからぬ仲居殺しは『定家』閉店後の事件です。よって、犯人の福島くんが持っている蒔絵箱の百人一首からは、和泉式部の絵札が欠けているはず。確認すればチェックメイトですよ。では、参りましょう」

洗面台で洗った顔にペーパータオルを貼り付けたまま、ゾンビは廊下へ足を踏み出す。

「お待ちください！　手荷物検査などという使い走りの仕事に名探偵のお手を煩わせるわけには参りません。ここは助手のわたしに任せて、先生はこちらのお部屋でごゆっくりお休みくださいませ。さあ、さあさあ！」

わたしは手洗い前にある和室の障子戸を開けてゾンビを押し込み、猛ダッシュで姉弟警部の口封じに戻ったのだった。

4

誰もいない部屋の座卓に『玄関ロビーでお待ちします』という書き置きを見つけ、慌てて向かうと、皆川が歓喜の声を上げているところだった。

「名探偵が河原左大臣事件と和泉式部事件が同一犯と断言したなら、妻の葵への疑いは晴れたっちゅうことですな？」

テーブルを囲んだソファに皆川、文恵と夕子、桃園誠一と女将の朝香が座り、手前に姉弟警部が立っている。更に周りをヤン坊マー坊と祇園分署の女性捜査員と紺ジャンパーの男性たちが囲んでおり、蘭堂警部がこちらに気づいて「あ、黒木さん！」と手を挙げたのを合図に、人垣がザッ、と割れて道が開いた。

「お待ちしていました。先ほど先輩が仰ったお言葉は全員にお伝えし、推理披露の舞台を整えておきましたよ」

「夜光先生はまた脳細胞を使い過ぎて体調不良だから、例によって詳しい謎解きの説明は探偵助手ちゃんが預かってきたんでしょう？　ジャジャジャーン、ではどうぞ！」

遅かった……おしゃべり姉弟警部め。

ガックリと肩を落としてテーブルの端に手をつくわたしの前に「必要ですか？」と文恵の一眼レフや京都府警のモバイルが差し出される。

「……慌てないでください、蘭堂両警部。さて、先生からお預かりした完璧な推理をどこから説明しましょうか。不肖の探偵助手は話術に自信がありませんので、まずは写真データを見ながら話の構成をゆーっくり、じーっくり、考えてみます」

わたしはなにかヒントになるものを見つけられないかと文恵の一眼レフを手にとり、データを確認した。しかし、座卓に着いている宴会風景はほんの数枚。あとは部屋の内装写真や壁をバックにした代議士先生や芸人とのツーショットやスリーショット、そしてなにより飲酒昏倒男の大量の寝顔ばかりが延々入っていて、そこから導き出されたのは、文恵の想い人は皆川でも桃園でもなく先生なのでは？　というどうでもいい推理だけだった。

さて、次はどうしよう。

「あのう……福島文恵さんと染谷夕子さん、購入なさった百人一首の絵札に和泉式部が入っているかを確認していただきたいのですが。あくまでも念のため」

なにも思いつかないので、一応ポンコツゾンビ探偵のヘッポコ推理がまぐれ当たりしている一縷《いちる》の望みに賭けてみる。

「嘘っ、わたしたちが疑われているの？」

「念のためって仰ったでしょ。ほらぁ、確認しましょうよ、文恵」

二人が風呂敷包みを解き、蒔絵箱の蓋を開けて天智天皇《てんじてんのう》から順に絵札を繰ると、和泉式部は二束目の六枚目で双方から出てきた。

「わたしたちの和泉式部がここにあるということは、現場に残されていた札はやっぱり皆川先輩の奥さんが持っていらっしゃるセットの中の一枚ということにならない？」

「でもぉ、それだと河原左大臣事件と同一犯にはならないわ。その点、あたしの立てた推理なら破綻しないわよ。仲居のしのぶさんなら閉店後でも札を手に入れられるもの。彼女が皆川先輩に絵札を忍ばせ、仲居を殺した……つまり自殺したのよ。ね？　名探偵夜光蛍一郎先生こと我らが鈴木先輩の答えと同じでしょう？　探偵助手さん。あたしだってセンチュリーミステリ大賞の最終選考まで残ったことがあるんだから」

夕子にキラキラした目で見詰められたわたしは「あの賞の最終選考までいくとはすごいですね」とさりげなく話題と目線を逸らせた。

ソファ脇の新聞ラックが目に留まる。

「あ、京洛日報がありますね。ちょうど読みたかったんですよ。ちょっと失礼して……」

時間稼ぎにガサゴソと新聞を広げ、焦りに歪《ゆが》む顔を隠して『京の歴史よもやま』を読む。

「んもう……そんなに勿体つけないで早く犯人をおしえてよ、探偵助手ちゃん」

「そうですよ、黒木さん。先輩はなんと？」

人の気も知らないで……やかましいわ、丸投げ京都府警。

わたしはせっつく姉弟警部を無視し、更に考える時間を稼ごうと、文恵と夕子に微笑みかけた。

「あ、百人一首はもう片付けていただいて結構ですよ。ご協力ありがとうございました」

二人は絵札を順番通り丁寧に揃えて蒔絵箱に収め、風呂敷で包み直す。

……………ん？

なにかが引っかかり、モバイルを手にとってもう一度小泉しのぶの首吊り現場写真に見入る。

なるほど。確かに同一犯の可能性もある。一か八か、その線で探りを入れてみるか。

わたしは深呼吸をして、テーブルの面々を見回した。

「さて、お預かりしてきた推理を披露させていただく前に、先生から犯人への忠告をお伝えします。曰《いわ》く『愛する人に迷惑をかける前に自白することをお勧めします』だそうですが、名のりをあげる方はいらっしゃいませんか………いらっしゃらない？」

首を傾げて待っていると、皆川がじれたように立ち上がった。

「いまさらなにを言うてはるんですか。俺は無実で潔白やのに犯人に勝手に愛されて女房に殴られましたんやで。迷惑なんぞ既にどっぷり溺れるほどかけられていますわ」

「黙れ。どっぷり溺れるほど反省しろ、稀に見る勘違い軽薄オヤジ」

女の敵を睨みつけると、浮気タンコブ男は「へ？」と目を丸くしてソファに尻を戻した。

「……と、先生は同じ男性としてたいへんご立腹でした。スカウトとアドレスの交換まではセーフとしても、キスは浮気です。完全にアウトです。今回の事件は皆川さんが無実でも潔白でもなかったがために起こってしまった『なにかの間違い』なのです」

わたしはすみれ警部に許可をとり、モバイル画面をテーブル側に掲げて二枚の現場写真を示した。まずは後部座席に残されていた小泉しのぶの荷物である。

「この風呂敷包みとテーブルの上にある福島さんと染谷さんお二方の風呂敷包みをよく見比べてください。どれも同じように、玉結びにした結び目が十文字になっています。皆川さんの奥さんが風呂敷を結び直されたときも同じ『縦結び』でした」

モバイルを操作し、次にヘッドレストにかけられたスカーフの結び目を拡大して掲げる。

「対して、こちらは正しく『真結び』です」

一文字の結び目と自分の不恰好《ぶかっこう》な十文字の結び目を見比べた文恵は「ほんとだ。それ、どう結ぶの？」と感心する。

「まあ、お二方が結べないふりをしている可能性も否めませんし、いつもは乱雑に結ぶしのぶさんが死の準備だけは丁寧にしたのかも知れません。しかし、それだと話が進まないので、和泉式部事件の犯人を普段から無意識に『真結び』をなさる女将の桃園朝香さんだと仮定して考えることにしましょう」

「え？　わたしですか？」

それまでぼんやりと自分の指先を見下ろしていた朝香が弾《はじ》かれたように顔を上げ、夫の誠一が抗議する。

「うちの朝香が殺人犯？　いきなりなにを言い出さはるんですか」

「すみません。失礼は重々承知ですが、誰かを犯人に当て嵌《は》めないと説明しづらいので便宜上仮に……というわけで、何卒《なにとぞ》ご容赦を」

わたしは桃園夫妻に深く頭を下げてから話を続ける。

「時を遡り、河原左大臣事件について考えてみましょう。食後の片付けを手伝った朝香さんにはしのぶさん同様、皆川さんの紙袋に絵札を忍ばせるチャンスがありました」

「なるほど。絵札の混入はこちらの女将さんが俺に一目惚れしてやらはったことですか」

皆川が腕組みをして大きく頷いた。

「ところが、この『アケムツマツ』と記された雅な恋文には、結構な予備知識がなければ待ち合わせ日時場所の暗号が解けないという難点があり、一目惚れの相手に送りつけるのは不自然です。皆川さんは、以前から朝香さんとお知り合いですか？」

「いいえ。俺がこの店に来たのは初めてやし、挨拶と片付けに来はったときにお姿を見ただけで、個人的には一言も喋っていませんわ。ほな、やっぱり送り主は女将さんやないということですか？　ややこしいな」

「いいえ、おそらく『女将さんではない』のではなく『皆川さんではなかった』ので、ややこしいことになったのです」

「………へ？」

わたしは文恵の一眼レフのデータ画面を示す。

「女将の朝香さんが挨拶に来られたときにしのぶさんが撮った写真です。最年長者の江ノ木さんが座るべき上座の真ん中が空いています」

次に、全員揃ってからのデータ画面を示す。

「江ノ木さん到着後にしのぶさんが撮った写真です。上座の真ん中に皆川さんが座っているのは、食事の際に左利きの江ノ木さんと肘がぶつからないよう配慮なさったためですね？」

「そうです。江ノ木先輩が俺に荷物ごと奥へ詰めてくれと仰ったさかい」

「次に朝香さんが入って来たとき、食事は終わっており、先生以外のメンバーは座卓から離れていました。朝香さんだけが、お二人の座席交換を知らなかったのです」

「あ、そういうことか！　河原左大臣の源融＝『光る君』の皆川徹先輩だとばかり思い込んでいて、ほかの可能性なんてまったく考えなかったけど、思い出したわ。河原院址の石碑は、かつてそこに森があった名残りと云われる大木の下に立っているのよ。その老木は榎《えのき》で、すぐ傍らには『榎大明神』の小さな祠が祀られているんだった。つまり、絵札の本来の宛先は江ノ木先輩で、明け六つにそこで待つという意味だったわけだ」

『京の歴史よもやま』の記事を担当した文恵が手を打って頷く。

「おそらくは、和歌の順番である十四日に」

「でもぉ、江ノ木先輩はお忙しい方なのに、勝手に日を指定して早朝の呼び出しというのは現実的ではない気がしませんか？」

夕子は待ち合わせ日時に首を傾げる。

「ともあれ、こんな遊びをなさるからには、お二人は相当親しい関係だと推察されますが、如何でしょう？　朝香さん」

わたしが訊ねると、目を閉じて聞いていた朝香は口の端だけを上げて笑顔をつくった。

「便宜上仮にわたしを犯人に見立ててミステリ作家さんが創作されたお話、たいへん楽しゅうに拝聴させていただきました……が、それで？」

「それで、江ノ木さんに朝香さんとの関係を確認してすぐにでもこちらに呼び戻し、警察の事情聴取に応じてもらう必要があるかと。新幹線はもう名古屋に着いた頃かと思われます。福島さんは幹事をお務めなら連絡先をご存知のはず。電話してみてください」

しかし、文恵は携帯を手に「え？　でも、まったくの仮説でしょ？」と躊躇し、夕子も「いきなり女将さんとの関係を疑う電話をするなんて、先輩にそんな失礼なこと……」と難色を示す。

「ですが、仮に朝香さんと江ノ木さんが不倫関係にあり、それに気づいたしのぶさんを殺害したのだとして、朝香さんひとりの犯行でしょうか？　遺体には首の後ろの索状痕も、抵抗痕の吉川線《よしかわせん》もなかったのです。腕を押さえるなどした共犯者がいるのでは？　と、なると、犯行時は新幹線の中だったというアリバイも確認せねば。なにかトリックがあるかも知れないので、わたしは早速、時刻表や列車にお詳しいトラベルミステリの大家・西浦東四郎《にしうらとうしろう》先生に電話して協力を仰ぎます。二大作家がタッグを組んでの事件解決……しかも暴かれるのは、いずれは総理に！　と女性信奉者たちに熱望される信夫様こと江ノ木代議士の不倫スキャンダルに絡んだ殺人。これは大騒動になりますよ」

俯《うつむ》いたまま表情の読めない朝香を見詰めつつ、もうひと押しか？　と次の煽り文句を考えていたら、メモを手にした祇園分署の女性捜査員が「江ノ木代議士は清廉潔白な方だと信じていたのに不倫だなんて……幻滅だわ」とつぶやいた。

ナイスアシスト。

「違います！　やめて！」

そして、悲鳴とともに立ち上がった朝香は自白をはじめたのだった。

5

「不倫などという汚いことは、そちらのタレントさんやしのぶやわたしの夫のような汚い人間のすることです。清廉潔白なあのお方は、なにもご存知ありません」

「でも、お二人は親しいご関係なのでは？」

「遠くて還らへん昔の話です。二十年近く前、まだ学生やった頃に四年間、お付き合いをしていました。江ノ木さんの大学卒業を機にプロポーズされましたが、わたしはまだ二十歳そこそこで結婚に踏み切れず、結局別れてしまいました。それからはなんの接点も持たずに暮らしてきて、わたしは親の勧めでこの桃園に嫁ぎましたけど、夫はしのぶともほかの若い子とも関係しているしょうもない男ですわ。とうに愛想を尽かしています」

妻に蔑んだ視線を投げられた誠一は「あ、朝香……」と情けなく声を上ずらせた。

「人生で一番の過ちは江ノ木さんのプロポーズを受けへんかったことです。悔やんで、ただ悔やんで生きてきました。そして今日、偶然にお客様として来られた江ノ木さんと再会しました」

「それで焼けぼっ杭《くい》に火がついてしまったというわけですか?」

「あの方は『お久しぶりです、こちらに嫁がれていたのですか。お元気でしたか?』と、ほかの有権者に見せるのとなんら変わらへん穏やかな笑顔で会釈をくれただけ。わたしに少しも心を残してはらへんことは、すぐにわかりました。それでかまへんのです」

「でも、諦めきれずに和歌の暗号を忍ばせたのでは?」

「あの絵札は逢引きの誘いでもなんでもありません。お付き合いをはじめた最初の年のバレンタインデー前に『暗号が解けたらセーターを編んであげる、降参ならマフラーにする』と手紙を付けて荷物に和歌を忍ばせたんです。江ノ木さんは『ヒントをくれ。セーターを編んでくれ』と期日ギリギリまで悩んでいました。結局は降参しはりましたけど、セーターもマフラーも両方編んであげて、答え合わせのデートをして……それから毎年、バレンタインデーの待ち合わせは早朝六時に河原院跡でした。もちろん、いまさら同じことをしても来てくださるはずがないのは承知です。ただ、絵札を見てその時のことをほんのひと時、思い出してほしかっただけ。そして、それでもわたしは十四日に榎大明神に立ち、来ぬ人を待ち続けたでしょう……身もこがれつつ」

「しかし、絵札は別の人に渡ってしまいましたね」

「はい。タレントさんの奥様が廊下に叩きつけた絵札を見て愕然としました。でも、どう誤解を解けばいいのかわからずにいるうちにしのぶのメールが読み上げられて、絵札の送り主が自分だとはとても言い出せへん状況になってしまいました」

「しのぶさんが送り主とほんとうの宛先に気づいたから殺害したのですか？」

「はじめはそちらのタレントさんに入れたのだと思ったようです。わたしのせいで奥様にばれて連絡がとれなくなったのだから責任をとって連絡係を務め、自分を芸能界デビューさせろと怒っていました。そんなことを言われても、タレントさんと無関係のわたしにはできようもありません。問答するうちにしのぶも席の交換に気づいて、江ノ木さんとわたしが不倫関係だと決め付けました。汚い人間には汚い考え方しかできひんのでしょう。代議士先生にセレブな世界へのコネをつけてもらえれば一生安泰だと言い出す始末です。店の裏口ではほかの人間の目や耳が気になって込み入った話ができひんので車で待っていろと、先に従業員駐車場へ行かせました」

「犯行はおひとりで？」

「もちろんです。最初から殺すつもりで着物の袂にナイフと和泉式部の絵札を忍ばせていました。自刃したようにみせかけるつもりでしたけど、車を覗いたら、しのぶはシートを大きく倒し、腕組み足組みの偉そうな格好で目を閉じていました。後部座席のコートの上にスカーフが見えたので、有名人が車のヘッドレストを使って首吊り自殺をしたというニュースを思い出し、より自殺らしく見える殺害方法に変更しました。ヘッドレストに頭を置いて寝ている酔っ払いの首を絞めるのなんて簡単でしたよ。スカーフを持って首にかけ、下方向に引っ張るだけです。しのぶは大した抵抗もできずに息絶えましたわ。あとはそのままヘッドレストのうしろにスカーフを結び、シートを起こして、遺書代わりの和泉式部を残しておきました。これで全部です。江ノ木さんは一切関係ありませんので、くれぐれも迷惑がかからへんようにお願いします」

「……と、いうことです。京都府警の皆様」

聴取を終えたわたしは振り返り、すみれ警部に一礼して話を〆た。

「警察としても、罪なき無関係の人間に累が及ぶのは避けたいところだもの。事件に関連して江ノ木代議士のお名前がへんな風に出ないよう、最大限の注意を払いますとも」

すみれ警部が約束すると、朝香はスッキリとした表情で頷いた。

「ならば結構です。犯人は名探偵の仰ったとおり、河原左大臣事件も和泉式部事件も同一犯でわたし、桃園朝香に間違いありません」

「小泉しのぶさん殺害事件の犯人として、桃園朝香を緊急逮捕！　ヤン坊、マー坊、連行して頂戴」

「合点承知の介！」

指を鳴らしたすみれ刑事の指示に従い、イケメン部下ふたりが朝香に近づく。

「ほな、早う警察へ連れて行ってください」

彼女は自らソファを立ってすみれ警部とヤン坊マー坊に歩み寄り、そのまま夫の誠一には一瞥もくれずに店を出て行ったのだった。

「え、ええ？　便宜上仮の話から急転直下の事件解決とは、なんという天才的推理展開！」

「ずっと寝ていらっしゃったのに、なぜ犯人がおわかりに？　先輩は千里眼だわぁ！」

文恵と夕子が別室で呑気に鼾《いびき》をかいているであろう飲酒昏倒ポンコツゾンビ探偵を絶賛している。

納得いかん。まったく実に納得いかんぞ。

「いえ、今回は探偵助手の話運びもお見事でしたよ。先輩の黄金の脳細胞により犯人がわかっていても、状況証拠しかありませんでしたからね。桃園朝香にうまく自白させた黒木さんのお手柄です」

世の不条理に悶《もだ》えていると、蘭堂警部が労《ねぎら》ってくれた。

わたしは気を取り直してソファのうしろを回り、死んだ目で放心している桃園誠一の対面で同じように動きを止めている皆川の肩を叩く。

「……皆川くん、浮気癖を改めないなら、あれはこの先、きみ自身の姿となるでしょう」

先生を装って低い声で囁くと、皆川は「ヒイィッ、先輩!」と跳び上がった。

「たっぷりどっぷり溺れ死ぬほど反省いたしましたぁぁぁっ」

「じゃ、帰りましょうか。蘭堂警部、手洗い前の部屋から先生を回収してきてください」

斯《か》くして、名探偵にして敏腕編集者黒木真央は、今日も事件を解決したのであった。

ああ、疲れた。

「定家の歌だったんだ……」

「なにがです?」

集会所のコンロ前でフライ返しを操りながらつぶやくと、マグカップを手に流し台に凭れた蘭堂警部が首を傾げる。

「先日の事件の折に朝香さんが口にした『来ぬ人を身もこがれつつ待ち続ける』という言葉を思い出したんです。いただいた百人一首の中に、権中納言定家《ごんちゅうなごんさだいえ》の『来ぬ人をまつほの浦の夕なぎに焼くや藻塩《もしお》の身もこがれつつ』とありました。藻塩を焼く煙が夕凪《ゆうなぎ》時の燃える空に消えてはまた立ちのぼるように、止むことのない恋心に身をこがしつつ、来ない相手をひたすら待ち続けている……なんともやるせない情景ですね」

「嫁いだ『定家』の桃園誠一がまともな男なら、過ぎた恋の思い出に執着することもなかったでしょうに。実に皮肉です。しかし、あの事件は皆川先輩にはいい薬になったようで、戻ってこられた葵さんに『もう一生浮気はしない』と指きりげんまんの約束をしていましたから」

「どうだろう……針千本のむ羽目にならないといいですね。ところで、なにゆえ蘭堂警部は流し台でカフェラテを?　座ってお飲みになればいいのに」

「先輩に睨まれながら飲めませんよ。なぜハートのラテアートを?」

眉をハの字にした蘭堂警部に問われたわたしは、コンロの火を止めてから指を折って答えた。

「なぜって……昨日近所のオバちゃんたちとラテアート講習会に参加したから。習った模様がハートでそれしか描けないから。今日はバレンタインデーだから。それと、皆川夫妻の喧嘩仲裁&先生へのご報告お疲れさまです。百人一首のお礼の気持ちも込めました」

「先輩にも同じものを出してくださいよ。大人の男は意外と傷つきやすいのですから」

「先生に出してもどうせ飲まないじゃないですか」

「いいですか？　黒木さん。どうせ飲まないとわかっていても一応は出す。それが仕事や人間関係を円滑に進めるために必要な大人の処世術というものですよ」

諭されたわたしは「まあ、そりゃそうですけど……」と下唇を突き出す。

「先生の場合、飲まないだけじゃなくコーヒーの有毒性をあげつらって『飲む人の気が知れません』と仰るのがオチですよ。名探偵でなくとも容易に先の展開が推理できます」

「では……ここにハートを」

蘭堂警部に代替案を呈されたわたしは「そ、それはちょっと……」と三歩あと退った。

「いいじゃないですか、減るものでもなし」

「いいや、確実にわたしの中のなにかが減る気がします」

「今日はバレンタインデーですよ」

「結婚禁止令が布《し》かれているのに兵士の結婚を執り行った廉《かど》でバレンタイン司祭が処刑されたという不吉な日ですね。南無阿弥陀仏」

「いいから、行ってらっしゃい」

有無を言わさずケチャップを握らされ、観念したわたしは昼食の盆をちゃぶ台に運ぶ。

「お待たせしました」

そして、へそを曲げている先生の横に座ってケチャップの蓋を開け、オムライスに真っ赤なハートマークを描いた。

「マオくん、このケチャップ模様は……」

なんだ、決死の覚悟で描いたのに、気に入らないのか？

「いま、僕の黄金の脳細胞にミラクルなトリックがキューピッドの矢となって突き刺さりました。今月中に八百枚の長編を書き上げましょう」

「は、はい！」

驚き桃の木山椒の木！

わたしはキッチンの蘭堂警部を振り返り、力強くガッツポーズをして見せた。

おそるべし、大人の処世術。

斯くして、敏腕編集者黒木真央は、ミステリ界の帝王・夜光蛍一郎先生から八百枚の原稿を獲得することにも成功したのであった。

はみだし

敏腕編集者の京都案内⑤

今回ははみだしていません。花見小路は祇園歓楽街の中心を貫くザ・古都の観光ロード。有名店が軒を並べ、外国人観光客や修学旅行生が行き交います。夕方にはお茶屋へ出勤する本物の舞妓さんや芸妓《げいこ》さんが見られますよ。

え？　舞妓なら市内の至る所で見る？　それは舞妓体験スタジオの貸衣装で観光中のなんちゃって舞妓さん。本物とはやっぱりちょっと……いや、大分違うんだなあ。

百人一首に興味をお持ちの方には、嵐山は渡月橋近くのミュージアム『小倉《おぐら》百人一首殿堂・時雨殿《しぐれでん》』をおすすめします。ここでも平安時代装束体験コーナーで、なんちゃって平安貴族になっちゃいましょう。いざ、古の雅な世界へ。

初出
第一話は「月刊ジェイ・ノベル」二〇一四年三月号掲載の「蛍探偵の光らない推理」を加筆・修正しました。
第二～五話は書き下ろしです。

本作はフィクションであり、実在の個人・団体などとは一切関係ありません。
（編集部）

実業之日本社文庫 や61

ホタル探偵《たんてい》の京都《きょうと》はみだし事件簿《じけんぼ》

2016年6月15日　初版第1刷発行

著　者　山木美里《やまきみさと》

発行者　岩野裕一
発行所　株式会社実業之日本社
〒153-0044　東京都目黒区大橋 1-5-1
クロスエアタワー8階
電話［編集］03(6809)0473［販売］03(6809)0495
ホームページ　http://www.j-n.co.jp/
DTP　株式会社ラッシュ
印刷所　大日本印刷株式会社
製本所　株式会社ブックアート

フォーマットデザイン　鈴木正道（Suzuki Design）

ISBN978-4-408-55301-6（第二文芸）